文學名著中的嚴州

周萍英　主編

第二册

《水滸傳》中的嚴州

浙江大學出版社
ZHEJIANG UNIVERSITY PRESS

目録

《水滸傳》中的嚴州

文學名著中的杭州

《水滸傳》中的杭州

目錄

《水滸傳》中的嚴州

第一百一十回　燕青秋林渡射雁　宋江東京城獻俘

話說當下宋江問降將胡俊有何計策去取東川，安德兩處城池。胡俊道：『東川城中守將，是小將的兄弟胡顯。小將蒙李將軍不殺之恩，願往東川招兄弟胡顯來降。剩下安德孤城，亦將不戰而自降矣。』宋江大喜，仍令李俊同去。一面調遣將士，提兵分頭去招撫所屬未復州縣；一面差戴宗賫表，申奏朝廷，請旨定奪；並領文申呈陳安撫，及上宿太尉書札。宋江令將士到王慶宮中，搜擄了金珠細軟，珍寶玉帛，將違禁的龍樓鳳閣，翠屋珠軒，及違禁器仗衣服，盡行燒毀；又差人到雲安，教張橫等將違禁行宮器仗等項，亦皆燒毀。

却說戴宗先將申文到荆南，報呈陳安撫，陳安撫也寫了表文，一同上達。戴宗到東京，將書札投遞宿太尉，並送禮物。宿太尉將表進呈御覽。徽宗皇帝龍颜大喜，即時降下聖旨，行到淮西，將反賊王慶，解赴東京，候旨處決，其餘擒下僞妃，僞官等衆從賊，都就淮西市曹處斬梟示施行。

淮西百姓，遭王慶暴虐，准留兵餉若幹，計户給散，以贍窮民。

《水滸傳》中的嚴州

第一百一十回　燕青秋林渡射雁　宋江東京城獻俘

話說當下宋江問降將胡俊有何計策去取東川、安德兩處城池。胡俊道：「東川城中守將，是小將的兄弟胡顯。小將蒙將軍不殺之恩，願往東川招兄弟胡顯來降。剩下安德孤城，亦將不戰而自降矣。」宋江大喜，仍令李俊同去。一面調遣將士，提兵分頭去招撫所屬未復州縣；一面差戴宗賫表，申奏朝廷，請旨定奪；並箚文申呈陳安撫，及上宿太尉書札。宋江令將士到王慶宮中，搜擄了金珠細軟，珍寶玉帛，將違禁的龍樓鳳閣，翠屋珠軒，及違禁器仗衣服，盡行燒毀；又差人到雲安，教張橫等將違禁行宮器仗等項，亦皆燒毀。

卻說戴宗先將申文到荊南，報呈陳安撫，陳安撫也寫了表文，一同上達。戴宗到東京，將書札投遞宿太尉，並送禮物。宿太尉將表進呈御覽。徽宗皇帝龍顏大喜，即時降下聖旨，行到淮西，將反賊王慶，解赴東京，候旨處決，其餘擒下僞妃、僞官等衆從賊，都就淮西市曹處斬梟示施行。

淮西百姓，遭王慶暴虐，准留兵餉若干，計戶給散，以贍窮民。

其陣亡有功降將，俱從厚贈蔭。淮西各州縣所缺正佐官員，速推補赴任交代。各州官多有先行被賊脅從，以後歸正者，都着陳瓘分別事情輕重，便宜處分。其徵討有功正偏將佐，俱侯還京之日，論功升賞。敕命一下，戴宗先來報知。那陳安撫等，已都到南豐城中了。那時胡俊已是招降了兄弟胡顯，將東川軍民，版籍，户口，及錢糧，册籍，前來獻納聽罪。那安德州賊人，望風歸降。雲安，東川，安德三處，農不離其田業，賈不離其肆宅，皆李俊之功。王慶占據的八郡八十六州縣，都收復了。

自戴宗從東京回到南豐十餘日，天使捧詔書，馳驛到來。陳安撫與各官接了聖旨，一一奉行。次早，天使還京；陳令監中取出段氏，李助，及一行叛逆從賊，判了斬字，推出南豐市曹處斬，將首級各門梟示訖。段三娘從小不循閨訓，自家擇配，做下迷天大罪，如今身首异處，又連累了若幹眷屬，其父段太公先死於房山寨。

話不絮繁，却说陳安撫宋先鋒標録李俊，胡俊，瓊英，孫安功次，出榜去各處招撫，以安百姓。八十六州縣，復見天日，復爲良民，其餘隨從賊徒不傷人者，撥還産業，復爲鄉民。西京守將喬道清，馬靈，已有新官到任，次第都到南豐。各州縣正佐貳官，陸續都到。李俊，二張，三阮，二童，已將州務交代，盡到南豐相叙。陳安撫，衆官，及宋江以下一百單八個頭領，及河北降將，都在南豐設太平宴，慶賀衆將官僚，賞勞三軍將佐。

宋江教公孫勝，喬道清主持醮事，打了七日七夜醮事，超渡陣亡軍將，及淮西屈死冤魂。醮事方完，忽報孫安患暴疾，卒於營中。宋江悲悼不已，以禮殯殮，葬於龍門山側。喬道清因孫安死了，十分痛哭，對宋江说道：『孫安與貧道同鄉，又與貧道最厚，他爲父報仇，因而犯罪，陷身於賊，蒙先鋒收録他，指望日后有個結果，不意他中道而死。貧道得蒙先鋒收録，亦是他來指迷。今日他死，貧道何以爲情。喬某蒙二位先鋒厚恩，銘心鏤骨，終難補報。願乞骸骨歸田野，以延殘喘。』馬靈見喬道清要去，也來拜辭宋江：『懇求先鋒允放馬某與喬法師同往。』

宋江聽说，惨然不樂，因二人堅意要去，十分挽留不住，宋江衹

得允放。乃置酒餞別。公孫勝在傍衹不做聲。喬道清，馬靈拜辭了宋江，公孫勝，又去拜辭了陳安撫。二人飄然去了。后來喬道清，馬靈都到羅真人處，從師學道，以終天年。

陳安撫招撫賑濟淮西諸郡軍民已畢。那淮西乃淮瀆之西，因此，宋人叫宛州，南豐等處是淮西。陳安撫傳令，教先鋒頭目，收拾朝京。軍令傳下，宋江一面先發中軍軍馬，護送陳安撫，侯參謀，羅武諭起行，一面着令水軍頭領，乘駕船隻，從水路先回東京，駐扎聽調。宋江教蕭讓撰文，金大堅鐫石勒碑，以記其事，立石於南豐城東龍門山下，至今古迹尚存。降將胡俊，胡顯置酒餞別宋先鋒。后來宋江入朝，將胡俊，胡顯反邪歸正，招降二將之功，奏過天子，特授胡俊，胡顯爲東川水軍團練之職，此是后話。

當下宋江將兵馬分作五起進發，克日起行，軍士除留下各州縣鎮守外，其間亦有乞歸田裏者。現今兵馬共十餘萬，離了南豐，取路望東京來。軍有紀律，所過地方，秋毫無犯；百姓香花燈燭價拜送。於路行了數日，到一個去處，地名秋林渡。那秋林渡在宛州屬下內鄉縣

燕青秋林渡射雁 宋江东京城献俘

得允放。乃置酒餞別。公孫勝在傍祇不做聲。喬道清、馬靈拜辭了宋江，公孫勝，又去拜辭了陳安撫。二人飄然去了。后來喬道清、馬靈都到羅真人處，從師學道，以終天年。

陳安撫招撫賑濟淮西諸郡軍民已畢。那淮西乃淮瀆之西，因此宋人叫兗州，南豐等處是淮西。陳安撫傳令，教先鋒頭目，收拾朝京軍令傳下，宋江一面先發中軍軍馬，護送陳安撫、侯參謀、羅武諭起行，一面着令水軍頭領，乘駕船隻，從水路先回東京，駐扎聽調。宋江教蕭讓撰文，金大堅鐫石勒碑，以記其事，立石於南豐城東龍門山下，至今古迹尚存。降將胡俊，胡顯置酒餞別宋先鋒。后來宋江入朝，將胡俊，胡顯反邪歸正，招降二將之功，奏過天子，特授胡俊，胡顯爲東川水軍團練之職，此是后話。

當下宋江將兵馬分作五起進發，克日起行，軍士除留下各州縣鎮守外，其間亦有乞歸田里者。現今兵馬共十餘萬，離了南豐，取路望東京來。軍有紀律，所過地方，秋毫無犯；百姓香花燈燭拜送。於路行了數日，到一個去處，地名秋林渡。那秋林渡在兗州屬下內鄉縣

燕青秋林渡射雁 宋江東京城獻俘

秋林山之南。那山泉石佳麗，宋江在馬上遥看山景，仰觀天上，見空中數行塞雁，不依次序，高低亂飛，都有驚鳴之意。宋江見了，心疑作怪；又聽的前軍喝采，使人去問緣由，飛馬回報，原來是『浪子』燕青，初學弓箭，向空中射，箭箭不空。却須臾之間，射下十數隻鴻雁，因此諸將驚訝不已。

宋江教唤燕青來。衹見燕青彎弓插箭，即飛馬而來，背后馬上捎帶死雁數隻，來見宋江，下馬離鞍，立在一邊。宋公明問道：『恰纔你射雁來？』燕青答道：『小弟初學弓箭，見空中一群雁過，偶然射之，不想箭箭皆中。』

宋江道：『爲軍的人，學射弓箭，是本等的事。射的准是你能處。我想賓鴻避寒，離了天山，銜蘆過關，趁江南地煖，求食稻粱，初春方回。此賓鴻仁義之禽，或數十，或三五十隻，遞相謙讓，尊者在前，卑者在后，次序而飛，不越群伴；遇晚宿歇，亦有當更之報。且雄失其雌，雌失其雄，至死不配。此禽仁義禮智信，五常俱備：空中遥見死雁，盡有哀鳴之意，失伴孤雁，並無侵犯，此爲仁也；一失雌雄，死而不配，此爲義也；依次而飛，不越前后，此爲禮也；預避鷹雕，銜蘆過關，此爲智也；秋南春北，不越而來，此爲信也。此禽五常足備之物，豈忍害之。天上一群鴻雁相呼而過，正如我等弟兄一般。你却射了那數隻，比俺兄弟中失了幾個，衆人心内如何？兄弟今後不可害此禮義之禽。』

燕青默默無語，悔罪不及。宋江有感於心，在馬上口占詩一首：

山嶺崎嶇水渺茫，横空雁陣兩三行。

忽然失却雙飛伴，月冷風清也斷腸。

宋江吟詩罷，不覺自己心中凄慘，睹物傷情。當晚屯兵於秋林渡口。宋江在帳中，因復感嘆燕青射雁之事，心中納悶，叫取過紙筆，作詞一首：

楚天空闊雁離群，萬裏恍然驚散。自顧影欲下寒塘。正草枯沙净，水平天遠。寫不成書，衹寄的相思一點。暮日空濠，曉烟古塹，訴不盡許多哀怨。揀盡蘆花無處宿，嘆何時玉關重見。嘹嚦憂愁嗚咽，恨江渚難留戀。請觀他春晝歸來，畫梁雙燕。

宋江寫畢，遞與吴用、公孫勝看。詞中之意，甚有悲哀憂戚之思，

宋江心中，鬱鬱不樂。當夜吴用等，設酒備肴，盡醉方休。次日天明，俱各上馬，望南而行。路上行程，正值暮冬，景物凄凉。宋江於路，此心終有所感。不則一日，回到京師，屯駐軍馬於陳橋驛，聽候聖旨。

且説先是陳安撫並侯參謀中軍人馬入城，已將宋江等功勞，奏聞天子，報説宋先鋒等諸將兵馬，班師回京，已到關外。陳安撫前來啓奏，説宋江等諸將征戰勞苦之事，天子聞奏，大加稱贊。陳瓘、侯蒙、羅戩各封升官爵。欽賞銀兩緞匹，傳下聖旨，命黄門侍郎，宣宋江等面君朝見，都教披挂入城。有詩爲證：

去時三十六，回來十八雙。
縱横千萬里，談笑却還鄉。

且説宋江等衆將一百八人，遵奉聖旨，本身披挂，戎裝革帶，頂盔挂甲，身穿錦襖，懸帶金銀牌面，從東華門而入，都至文德殿朝見天子，拜舞起居，山呼萬歲。皇上看了宋江等衆將英雄，盡是錦袍金帶，惟有吴用、公孫勝、魯智深、武松身着本身服色，天子聖意大喜，乃曰：『寡人多知卿等征進勞苦，討寇用心，中傷者多，寡人甚爲憂戚。』宋江再拜奏道：『托聖上洪福齊天，臣等衆將雖有金傷，俱各無事。今元凶授首，淮西平定，實陛下威德所致，臣等何勞之有。』再拜稱謝奏道：『臣等奉旨，將王慶獻俘闕下，候旨定奪。』天子降旨：『着法司會官，將王慶凌遲處决。』宋江將蕭嘉穗用奇計克復城池，保全生靈，有功不伐，超然高舉。天子稱奬道：『皆卿等忠誠感動！』命省院官訪取蕭嘉穗赴京擢用。宋江叩頭稱謝。那些省院官，那個肯替朝廷出力，訪問賢良？此是後話。

是日，天子特命省院等官計議封爵。太師蔡京、樞密童貫商議奏道：『目今天下尚未静平，不可升遷。且加宋江爲保義郎』，帶御器械，正受『皇城使』；副先鋒盧俊義加爲『宣武郎』，帶御器械，行營『團練使』；吴用等三十四員，加封爲『正將軍』；朱武等七十二員，加封爲『偏將軍』；支給金銀，賞賜三軍人等。『天子準奏，仍敕與省院衆官，加封爵禄，與宋江等支給賞賜，宋江等就於文德殿頓首謝恩。天子命光禄寺大設御宴，欽賞宋江錦袍一領，金甲一副，名馬一匹；盧俊義以下，賞賜有差：盡於内府關支。宋江與衆將謝恩已罷，盡出

宫禁，都到西華門外，上馬回營。一行衆將，出的城來，直至行營安歇，聽候朝廷委用。

當日法司奉旨會官，寫了犯由牌，打開囚車，取出王慶，判了『剮』字，擁到市曹。看的人壓肩疊背，也有唾罵的，也有嗟嘆的。那王慶的父王砉及前妻丈人等諸親眷屬，已於王慶初反時收捕，誅夷殆盡。今日衹有王慶一個，簇擁在刀劍林中。兩聲破鼓響，一棒碎鑼鳴，刀排白雪，纛展烏雲。劊子手叫起惡殺都來，恰好午時三刻，將王慶押到十字路頭，讀罷犯由，如法凌遲處死。看的人都道：

此是惡人榜樣，到底駢首戮身。

若非犯着十惡，如何受此極刑？

當下監斬官將王慶處決了當，梟首施行，不在話下。

再说宋江衆人，受恩回營，次日，衹見公孫勝直至行營中軍帳内，與宋江等衆人，打了稽首，便稟宋江道：『向日本師羅真人囑咐小道，令送兄長還京之后，便回山中。今日兄長功成名遂，貧道就今拜別仁兄，辭別衆位，便歸山中，從師學道，侍養老母，以終天年。』宋江見公孫勝说起前言，不敢翻悔，潸然淚下，便對公孫勝道：『我想昔日弟兄相聚，如花始開；今日弟兄分別，如花零落。吾雖不敢負汝前言，心中豈忍分别？』公孫勝道：『若是小道半途撇了仁兄，便是寡情薄意。今來仁兄功成名遂，衹得曲允。』宋江再四挽留不住，便乃設一筵宴，令衆弟兄相別，筵上舉杯，衆皆嘆息，人人灑淚，各以金帛相贐。公孫勝推却不受，衆兄弟衹顧打拴在包裹。次日，衆皆相別。公孫勝穿上麻鞋，背上包裹，打個稽首，望北登程去了。宋江連日思憶，淚如雨下，鬱鬱不樂。

時下又值正旦節相近，諸官準備朝賀。蔡太師恐宋江人等都來朝賀，天子見之，必當重用；隨即奏聞天子，降下聖旨，使人當住，衹教宋江，盧俊義兩個有職人員，隨班朝賀，其餘出征官員，俱係白身，恐有驚御，盡皆免禮。是日正旦，百官朝賀，宋江、盧俊義俱各公服，都在待漏院伺候早朝，隨班行禮。是日駕坐紫宸殿受朝，宋江、盧俊義隨班拜罷，於兩班侍下，不能上殿。仰觀殿上，玉簪珠履，紫綬金章，往來稱觴獻壽，自天明直至午牌，方始得沾謝恩御酒。百官朝散，天

子駕起。宋江、盧俊義出内卸了公服幞頭，上馬回營，面有愁顏赧色。吴用等接着。

衆將見宋江面帶憂容，心悶不樂，都來賀節。百餘人拜罷，立於兩邊，宋江低首不語。吴用問道：『兄長今日朝賀天子回來，何以愁悶？』宋江嘆口氣道：『想我生來八字淺薄，命運蹇滯。破遼平寇，東征西討，受了許多勞苦，今日連累衆兄弟無功，因此愁悶。』吴用答道：『兄長既知造化未通，何故不樂？萬事有分，不必多憂。』『黑旋風』李逵道：『哥哥，好没尋思！當初在梁山泊裏，不受一個的氣，却今日也要招安，明日也要招安，討得招安了，却惹煩惱。放着兄弟們都在這裏，再上梁山泊去，却不快活！』宋江大喝道：『這黑禽獸又來無禮！如今做了國家臣子，都是朝廷良臣。你這廝不省得道理，反心尚兀自未除！』李逵又應道：『哥哥不聽我説，明朝有的氣受哩！』衆人都笑，且捧酒與宋江添壽。是日衹飲到二更，各自散了。

次日引十數騎馬入城，到宿太尉、趙樞密、並省院各官處賀節，往來城中，觀看者甚衆。就裏有人對蔡京説知此事。次日，奏過天子，傳旨教省院出禁約，於各城門上張挂：『但凡一應出征官員將軍頭目，許於城外下營屯扎，聽候調遣；非奉上司明文呼唤，不許擅自入城！如違，定依軍令擬罪施行。』差人賫榜，徑來陳橋門外張挂榜文。有人看了，徑來報知宋江。宋江轉添愁悶，衆將得知，亦皆焦躁，盡有反心，衹礙宋江一個。

且説水軍頭領特地來請軍師吴用商議事務。吴用去到船中，見了李俊、張横、張順、阮家三昆仲，俱對軍師説道：『朝廷失信，奸臣弄權，閉塞賢路。俺哥哥破了大遼，滅田虎，如今又平了王慶，衹得個「皇城使」做，又未曾升賞我等衆人。如今倒出榜文，來禁約我等，不許入城。我想那伙奸臣，漸漸的待要拆散我們弟兄，各調開去。今請軍師自做個主張；若和哥哥商量，斷然不肯。就這裏殺將起來，把東京劫掠一空，再回梁山泊去，衹是落草倒好。』

吴用道：『宋公明兄長，斷然不肯。你衆人枉費了力，箭頭不發，努折箭桿。自古蛇無頭而不行，我如何敢自主張？這話須是哥哥肯時，方行得；他若不肯做主張，你們要反，也反不出去！』六個水軍頭領，

見吴用不敢主張，都做聲不得。吴用回至中軍寨中，來與宋江閑話，計較軍情，便道：『仁兄往常千自由，百自在，衆多弟兄亦皆快活。自從受了招安，與國家出力，爲國家臣子，不想倒受拘束，不能任用，兄弟們都有怨心。』

宋江聽罷，失驚：『莫不誰在你行说甚來？』吴用道：『此是人之常情，更待多说？古人云：「富與貴人之所欲；貧與賤，人之所惡。」觀形察色，見貌知情。』宋江道：『軍師，若是弟兄們但有異心，我當死於九泉，忠心不改！』次日早起，會集諸將，商議軍機，大小人等都到帳前，宋江開話道：『俺是鄆城小吏出身。又犯大罪，托賴你衆弟兄扶持，尊我爲頭，今日得爲臣子。自古道：「成人不自在，自在不成人。」雖然朝廷出榜禁治，理合如此。汝諸將士，無故不得入城。我等山間林下，鹵莽軍漢極多；倘或因而惹事，必然以法治罪，却又壞了聲名。如今不許我等入城去，倒是幸事。你們衆人，若嫌拘束，但有異心，先當斬我首級，然後你們自去行事；不然，吾亦無颜居世，必當自刎而死，一任你們自爲！』衆人聽了宋江之言，俱各垂泪設誓而散。有詩爲證：

誰向西周懷好音，公明忠義不移心。
當時羞殺秦長脚，身在南朝心在金。

宋江諸將，自此之后，無事也不入城。看看上元節至，東京年例，大張燈火，慶賞元宵，諸路盡做燈火，於各衙門點放。且说宋江營内『浪子』燕青，自與樂和商議：『如今東京點放花燈火戲，慶賞豐年，今上天子，與民同樂。我兩個更换些衣服，潛地入城，看了便回。』衹見有人说道：『你們看燈，也帶挈我則個！』燕青看見，却是『黑旋風』李逵。李逵道：『你們瞞着我，商量看燈，我已聽了多時。』燕青道：『和你去不打緊；衹喫你性子不好，必要惹出事來。現今省院出榜，禁治我們，不許入城。倘若和你入城去看燈，惹出事端，正中了他省院之計。』李逵道：『我今番再不惹事便了，都依着你行！』燕青道：『明日换了衣巾，都打扮做客人相似，和你入城去。』李逵大喜。

次日都打扮做客人，伺候燕青，同入城去。不期樂和懼怕李逵，先與時遷潛入城去了。燕青灑脱不開，衹得和李逵入城看燈，不敢從

陳橋門入去，大寬轉却從封丘門入城。兩個手諆廝挽着，正投桑家瓦來。來到瓦子前，聽的勾欄内鑼響，李逵定要入去，燕青祇得和他挨在人叢裏，聽的上面说平話，正说「三國志」，说到關雲長刮骨療毒。當時有雲長左臂中箭，箭毒入骨。醫人華佗道：『若要此疾毒消，可立一桐柱，上置鐵環，將臂膊穿將過去，用索拴牢，割開皮肉，去骨三分，除却箭毒，却用油綫縫攏，外用敷藥貼了，内用長托之劑，不過半月，可以平復如初；因此極難治療。』

關公大笑道：『大丈夫死生不懼，何況隻手？不用銅柱鐵環，祇此便割何妨！』隨即叫取棋盤，與客弈棋，伸起左臂，命華佗刮骨取毒，面不改色，對客談笑自若。正说到這裏，李逵在人叢中高叫道：『這個正是好男子！』衆人失驚，都看李逵，燕青慌忙攔道：『李大哥，你怎地好村！勾欄瓦舍，如何這等大驚小怪！』李逵道：『说到這裏，不由人喝采！』燕青拖了李逵便走。兩個離了桑家瓦，轉過串道，祇見一個漢子飛磚擲瓦，去打一户人家。那人家道：『清平世界，蕩蕩乾坤，散了二次，不肯還錢，顛倒打我屋裏。』

『黑旋風』聽了，路見不平，便要去勸。燕青務死抱住，李逵睁着雙眼，要和他廝打的意思。那漢子便道：『俺自和他有帳討錢，干你甚事？即日要跟張招討下江南出征去，你休惹我。到那裏去也是死，要打便和你打，死在這裏，也得一口好棺材。』李逵道：『却是甚麼下江南？不曾聽的點兵調將。』燕青且勸開了鬧，兩個廝挽着，轉出串道，離了小巷，見一個小小茶肆，兩個入去裏面，尋副座頭，坐了喫茶。對席有個老者，便請會茶，閑口論閑話。燕青道：『請問老丈：却纔巷口一個軍漢廝打，他说道要跟張招討下江南，早晚要去出征，請問端的那裏去出征？』那老人道：『客人原來不知。如今江南草寇方臘反了，占了八州二十五縣，從睦州起，直至潤州，自號爲一國，早晚來打揚州。因此朝廷已差下張招討、劉都督去勦捕。』

燕青、李逵聽了這話，慌忙還了茶錢，離了小巷，徑奔出城，回到營中，來見軍師吴學究，報知此事。吴用見说，心中大喜，來對宋先鋒说知江南方臘造反，朝廷已遣張招討領兵。宋江聽了道：『我等諸將軍馬，閑居在此，甚是不宜；不若使人去告知宿太尉，令其於天

子前保奏，我等情願起兵，前去征進。』當時會集諸將商議，盡皆歡喜。次日，宋江換了些衣服，帶領燕青，自來説此一事。徑入城中，直至大尉府前下馬。正值太尉在府，令人傳報，太尉聞知，忙教請進。宋江來到堂上，再拜起居。宿太尉道：『將軍何事，更衣而來？』

宋江稟道：『近因省院出榜，但凡出征官軍，非奉呼喚，不敢擅自入城。今日小將私步至此，上告恩相。聽的江南方臘造反，占據州郡，擅改年號，侵至潤州，早晚渡江，來打揚州。宋江等人馬久閑，在此屯扎不宜。某等情願部領兵馬，前去征剿。盡忠報國，望恩相於天子前提奏則個！』宿太尉聽了大喜道：『將軍之言，正合吾意。下官當以一力保奏。將軍請回，來早宿某具本奏聞，天子必當重用。』宋江辭了太尉，自回營寨，與衆兄弟説知。

却説宿太尉次日早朝入内，見天子在披香殿與百官文武計事，正説江南方臘作耗，占據八州二十五縣，改年建號，如此作反，自霸稱尊，目今早晚兵犯揚州。天子乃曰：『已命張招討，劉都督征進，未見次第。』宿太尉越班奏曰：『想此草寇，既成大患，陛下已遣張總兵，劉都督，再差征西得勝宋先鋒，這兩支軍馬爲前部，可去勦除，必幹大功。』天子聞奏大喜，急令使臣宣省院官聽聖旨。當下張招討，從，耿二參謀，亦行保奏，要調宋江這一干人馬爲前部先鋒。省院官到殿，領了聖旨，隨即宣取宋先鋒、盧先鋒，直到披香殿下，朝見天子。

拜舞已畢，天子降敕封宋江爲平南都總管，征討方臘正先鋒，封盧俊義爲兵馬副總管，平南副先鋒；各賜金帶一條，錦袍一領，金甲一副，名馬一騎，彩緞二十五表裏；其餘正偏將佐，各賜緞匹銀兩，待有功次，照名升賞，加受官爵；三軍頭目，給賜銀兩：都就於内府關支，定限目下出師起行。宋江、盧俊義領了聖旨，就辭了天子。皇上乃曰：『卿等數内，有個能鐫玉石印信金大堅，又有個能識良馬皇甫端，留此二人，駕前聽用。』宋江、盧俊義承旨，再拜謝恩，出内上馬回營。

宋江、盧俊義兩個在馬上歡喜，並馬而行。出的城來，衹見街市上一個漢子，手裏拿着一件東西，兩條巧棒，中穿小索，以手牽動，那物便響。宋江見了，却不識的，使軍士喚那漢子問道：『此是何物？』

那漢子答道：『此是胡敲也。用手牽動，自然有聲。』宋江乃作詩一首：

一聲低了一聲高，嘹亮聲音透碧霄。
空有許多雄氣力，無人提挈謾徒勞。

宋江在馬上與盧俊義笑道：『這胡敲正比着我和你，空有衝天的本事，無人提挈，何能振響。』盧俊義道：『兄長何故發此言？據我等胸中學識，不在古今名將之下；如無本事，枉自有人提挈，亦作何用？』宋江道：『賢弟差矣！我等若非宿太尉一力保奏，如何能勾天子重用，爲人不可忘本！』盧俊義自覺失言，不敢回話。

兩個回到營寨，升帳而坐，當時會集諸將，除女將瓊英因懷孕染病，留下東京，着葉清夫婦服侍，請醫調治外，其餘將佐盡教收拾鞍馬衣甲，準備起身，征討方臘。後來瓊英病痊，彌月，産下一個面方耳大的兒子，取名叫做張節。次後聞得丈夫被賊將厲天閏殺死於獨松關，瓊英哀慟昏絶，隨即同葉清夫婦，親自到獨松關，扶柩到張清故鄉彰德府安葬。葉清又因病故，瓊英同安氏老嫗，苦守孤兒。張節長大，跟吴玠大敗金兀術於和尚原，殺得兀術亟鬄須髯而遁。因此張節得封官爵，歸家養母，以終天年，奏請表揚其母貞節。此是瓊英等貞節孝義的結果。

話休絮繁，再说宋江於奉詔討方臘的次日，於内府關到賞賜緞匹銀兩，分表諸將，給散三軍頭目，便就起送金大堅、皇甫端去御前聽用。宋江一面調撥戰船先行，着令水軍頭領整頓篙櫓風帆，撑駕望大江進發，傳令與馬軍頭領，整頓弓、箭、刀、衣袍、鎧甲；水陸並進，船騎同行，收拾起程。衹見蔡太師差府幹到營，索取『聖手書生』蕭讓，要他代筆。次日，王都尉自來問宋江求要『鐵叫子』樂和，聞此人善能歌唱，要他府裏使令。宋江衹得依允，隨即又望送了二人去訖。宋江自此去了五個弟兄，心中好生鬱鬱不樂。當與盧俊義計議定了，號令諸軍，準備出師。

却说這江南方臘造反已久，積漸而成，不想弄到許大事業。此人原是歙州山中樵夫，因去溪邊净手，水中照見自己頭戴平天冠，身穿衮龍袍，以此向人说自家有天子福分。因朱勔在吴中征取花石綱，百姓大怨，人人思亂，方臘乘機造反，就清溪縣内幫源洞中，起造寶殿、内苑、宫闕，睦州、歙州亦各有行宫，設文武職臺，省院官僚，内相外將，

一應大臣。睦州即今時建德，宋改爲嚴州；歙州即今時婺源，宋改爲徽州；這方臘直從這裏占到潤州，今鎮江是也。共該八州二十五縣。

那八州：歙州、睦州、杭州、蘇州、常州、湖州、宣州、潤州。那二十五縣：都是這八州管下。此時嘉興、松江、崇德、海寧，皆是縣治。方臘自爲國主，獨霸一方，非同小可。原來方臘上應天書，推背圖上道：「十千加一點，冬盡始稱尊。縱橫過浙水，顯跡在吳興。」那十千，是萬也；頭加一點，乃方字也。冬盡，乃臘也。稱尊者，乃南面爲君也。正應方臘二字。占據江南八郡，隔著長江天塹，又比淮西差多少來去。再說宋江選將出師，相辭了省院諸官，當有宿太尉、趙樞密親來送行，賞勞三軍。水軍頭領已把戰船從泗水入淮河望淮安軍壩，俱到揚州取齊。宋江、盧俊義謝了宿太尉、趙樞密，將人馬分作五起，取旱路投揚州來。于路無話，前軍已到淮安縣屯札。當有本州官員，置筵設席等，接宋先鋒到來，請進城中管待，訴說：「方臘賊兵浩大，不可輕敵。前面便是揚子大江，此是江南第一個險隘去處。隔江卻是潤州。如今是方臘手下樞密呂師囊并十二個統制官守把住江岸。若不得潤州爲家，難以抵敵。」宋江聽了，便請軍師吳用計較良策，即目前面大江攔截，須用水軍船衹向前。吳用道：「揚子江中，有金焦二山，靠著潤州城郭；可叫幾個弟兄，前去探路，打聽隔江消息，用何船衹，可以渡江。」宋江傳令，教喚水軍頭領前來聽令：「你眾弟兄，誰人與我先去探路，打聽隔江消息？」衹見帳下轉過四員戰將，盡皆願往。不是這幾個人來探路，有分教，橫尸似北固山高，流血染揚子江赤。直教大軍飛渡烏龍陣，戰艦平吞白鴈灘。畢竟宋江軍馬怎地去收方臘，且聽下回分解。

第一百一十一回　張順夜伏金山寺　宋江智取潤州城

話説這九千三百里揚子大江，遠接三江，却是漢陽江、潯陽江、揚子江。從四川直至大海，中間通着多少去處，以此呼爲萬里長江。地分吴楚，江心内有兩座山：一座唤做金山，一座唤做焦山。金山上有一座寺，繞山起蓋，謂之寺裹山；焦山上一座寺，藏在山凹裹，不見形勢，謂之山裹寺。這兩座山，生在江中，正占着楚尾吴頭，一邊是淮東揚州，一邊是浙西潤州，今時鎮江是也。

且説潤州城郭，却是方臘手下東廳樞密使吕師囊守把江岸。此人原是歙州富户，因獻錢糧與方臘，官封爲東廳樞密使。幼年曾讀兵書戰策，慣使一條丈八蛇矛，武藝出衆。部下管領着十二個統制官，名號『江南十二神』，協同守把潤州江岸。那十二神：

『擎天神』福州沈剛

『游弈神』歙州潘文得

『遁甲神』睦州應明

『六丁神』明州徐統

『霹靂神』越州張近仁

『巨靈神』杭州沈澤

『太白神』湖州趙毅

『太歲神』宣州高可立

『吊客神』常州范疇

『黄幡神』潤州卓萬里

『豹尾神』江州和潼

『喪門神』蘇州沈林

話説樞密使吕師囊，統領着五萬南兵，據住江岸。甘露亭下，擺列着戰船三千餘隻，江北岸却是瓜洲渡口，摇蕩蕩地無甚險阻。

此時先鋒使宋江兵馬戰船，水陸並進，已到淮安了，約至揚州取齊。當日宋先鋒在帳中，與軍師吴用等商議：『此去大江不遠，江南岸便是賊兵守把，誰人與我先去探路一遭，打聽隔江消息，可以進兵？』帳下轉過四員戰將，皆云願往。那四個：一個是『小旋風』柴進；一個是『浪裹白條』張順；一個是『拚命三郎』石秀；一個是『活閻羅』

阮小七。宋江道：『你四人分作兩路：張順和柴進，阮小七和石秀，可直到金焦二山上宿歇，打聽潤州賊巢虛實，前來揚州回話。』四人辭了宋江，各帶了兩個伴當，扮做客人，取路先投揚州來。此時一路百姓，聽得大軍來征方臘，都挈家搬在村裏躲避了。四個人在揚州城裏分別，各辦了些乾糧，石秀自和阮小七帶了兩個伴當，投焦山去了。

却説柴進和張順也帶了兩個伴當，將乾糧捎在身邊，各帶把鋒快尖刀，提了樸刀，四個奔瓜洲來。此時正是初春天氣，日暖花香，到得揚子江邊，登高一望，淘淘雪浪，滚滚烟波，是好江景也！有詩爲證：

萬里烟波萬里天，紅霞遥映海東邊。
打魚舟子渾無事，醉擁青鬟自在眠。

這柴進二人，望見北固山下，一帶都是青白二色旌旗，岸邊一字兒擺着許多船隻，江北岸上，一根木頭也無。柴進道：『瓜洲路上，雖有屋宇，並無人住，江上又無渡船，怎生得知隔江消息？』張順道：『須得一間屋兒歇下，看兄弟赴水過去對江金山脚下，打聽虛實。』柴進道：『也説得是。』當下四個人奔到江邊，見一帶數間草房，盡

皆關閉，推門不開。張順轉過側首，撥開一堵壁子，鑽將入去，見個白頭婆婆，從竈邊走起來。張順道：『婆婆，你家爲甚不開門？』那婆婆答道：『實不瞞客人説，如今聽得朝廷起大軍來，與方臘厮殺。我這裏正是風門水口。有些人家，都搬了别處去躲，祇留下老身在這裏看屋。』

張順道：『你家男子漢那裏去了？』婆婆道：『村裏去望老小去了。』張順道：『我有四個人，要渡江過去，那裏有船覓一隻？』婆婆道：『船却那裏去討？近日吕樞密聽得大軍來和他厮殺，都把船隻拘管過潤州去了。』張順道：『我四人自有糧食，祇借你家宿歇兩日，與你些銀子作房錢，並不攪擾你。』婆婆道：『歇却不妨，祇是没床席。』張順道：『我們自有措置。』婆婆道：『客人，祇怕早晚有大軍來！』張順道：『我們自有回避。』

當時開門，放柴進和伴當入來，都倚了樸刀，放了行李，取些乾糧燒餅出來喫了。張順再來江邊，望那江景時，見金山寺正在江心裏，但見：

江吞鰲背，山聳龍鱗，爛銀盤涌出青螺，軟翠堆遠拖素練。遙觀金殿，受八面之天風；遠望鐘樓，倚千層之石壁。梵塔高侵滄海日，講堂低映碧波雲。無邊閣，看萬里征帆；飛步亭，納一天爽氣。郭璞墓中龍吐浪，金山寺裏鬼移燈。

張順在江邊看了一回，心中思忖道：『潤州呂樞密，必然時常到這山上。我且今夜去走一遭，必知消息。』回來和柴進商量道：『如今來到這裏，一隻小船也没，怎知隔江之事。我今夜把衣服打拴了，兩個大銀頂在頭上，直赴過金山寺去，把些財賄與那和尚，討個虛實，回報先鋒哥哥。你衹在此間等候。』柴進道：『早幹了事便回。』

是夜星月交輝，風恬浪静，水天一色，黄昏時分，張順脱膊了，扁扎起一腰白絹水裙兒，把這頭巾衣服，裹了兩個大銀，拴縛在頭上，腰間帶一把尖刀，從瓜洲下水，直赴開江心中來。那水淹不過他胸脯，在水中如走旱路。看看赴到金山脚下，見石峰邊纜着一隻小船，張順爬到船邊，除下頭上衣包，解了濕衣，探拭了身上，穿上衣服，坐在船中。聽得潤州更鼓，正打三更，張順伏在船内望時，衹見上溜頭一隻小船，摇將過來。張順看了道：『這隻船來得蹺蹊，必有奸細！』便要放船開去，不想那隻船一條大索鎖了，又無櫓篙，張順衹得又脱了衣服，拔出尖刀，再跳下江裏，直赴到那船邊。

船上兩個人摇着櫓，衹望北岸，不堤防南邊，衹顧摇。張順却從水底下一鑽，鑽到船邊，扳住船舷把尖刀一削，兩個摇櫓的撒了櫓，倒撞下江裏去了。張順早跳在船上。那船艙裏鑽出兩個人來，張順手起一刀，砍得一個下水去，那個嚇得倒入艙裏去。

張順喝道：『你是甚人？那裏來的船隻？實説，我便饒你！』那人道：『好漢聽禀：小人是此間揚州城外定浦村陳將士家幹人，使小人過潤州投拜呂樞密那裏獻糧準了，使個虞候和小人同回，索要白糧五萬石，船三百隻，作進奉之禮。』張順道：『那個虞候，姓甚名誰？是在那裏？』幹人道：『虞候姓葉名貴，却纔好漢砍下江裏去的便是。』張順道：『你却姓甚？甚麼名字？幾時過去投拜？船裏有甚物件？』幹人道：『小人姓吴名成，今年正月初七日渡江。呂樞密直教小人去蘇州，見了御弟三大王方貌，關了號色旌旗三百面，並主入陳將士官誥，

封做揚州府尹，正授中明大夫名爵，更有號衣一千領，及吕樞密札付一道。」張順又問道：「你的主人，姓甚名字？有多少人馬？」吴成道：「人有數千，馬有百十餘匹。嫡親有兩個孩兒，好生了得，長子陳益，次子陳泰。主人將士，叫做陳觀。」張順都問了備細來情去意，一刀也把吴成剁下水裏去了。船尾上摇起櫓來，徑摇到瓜洲。

柴進聽櫓聲響，急忙出來看時，見張順摇隻船來，柴進便問來由。張順把前事一一説了，柴進大喜，去船艙裏，取出一包袱文書，並三百面紅絹號旗，雜色號衣一千領，做兩擔打疊了。張順道：「我却去取了衣裳來。」把船再摇到金山脚下，取了衣裳、巾幘、銀子，再摇到瓜洲岸邊，天色方曉，重霧罩地。張順把船砍漏，推開江裏去沈了。來到屋下，把三二兩銀子，與了婆婆，兩個伴當，挑了擔子，徑回揚州來。此時宋先鋒軍馬，俱屯扎在揚州城外，本州官員，迎接宋先鋒入城館驛内安下，連日筵宴，供給軍士。

却説柴進，張順伺候席散，在館驛内見了宋江，備説陳觀父子交結方臘，早晚誘引賊兵渡江，來打揚州。天幸江心裏遇見，教主帥成

這件功勞。宋江聽了大喜，便請軍師吴用商議用甚良策。吴用道：「既有這個機會，覷潤州城易如反掌！先拿了陳觀，大事便定。祇除如此如此。」即時唤「浪子」燕青，扮做葉虞候，教解珍、解寶扮做南軍。問了定浦村路頭，解珍、解寶挑着擔子，燕青都領了備細言語，三個出揚州城來，取路投定浦村。離城四十餘里，早問到陳將士莊前。見門首二三十莊客，都整整齊齊，一般打扮，但見：

攢竹笠子，上鋪着一把黑纓；細綫衲襖，腰系着八尺紅絹。牛膀鞋，登山似箭；獐皮襪，護脚如綿。人人都帶翎刀，個個盡提鴉嘴搠。

當下燕青改作浙人鄉談，與莊客唱喏道：「將士宅上，有麽？」莊客道：「客人那裏來？」燕青道：「從潤州來。渡江錯走了路，半日盤旋，問得到此。」莊客見説，便引入客房裏去，教歇了擔子，帶燕青到后廳來見陳將士。燕青便下拜道：「葉貴就此參見！」拜罷，陳將士問道：「足下何處來？」燕青打浙音道：「回避閑人，方敢對相公説。」陳將士道：「這幾個都是我心腹人，但説不妨。」燕青道：「小人姓葉名貴，是吕樞密帳前虞候。正月初七日，接得吴成密書，

樞密甚喜，特差葉貴送吴成到蘇州，見御弟三大王，備说相公之意。三大王使人啓奏，降下官誥，就封相公爲揚州府尹。兩位直閣舍人，待吕樞密相見了時，再定官爵。今欲使令吴成回程，誰想感冒風寒病癥，不能動止。樞密怕誤了大事，特差葉貴送到相公官誥，並樞密文書，關防、牌面，號旗三百面、號衣一千領，克日定時，要相公糧食船隻，前赴潤州江岸交割。』便取官誥文書，遞與陳將士看了，大喜，忙擺香案，望南謝恩已了，便喚陳益、陳泰出來相見。燕青叫解珍、解寶取出號衣號旗，入後廳交付；陳將士便邀燕青請坐。

燕青道：『小人是個走卒，相公處如何敢坐？』陳將士道：『足下是那壁恩相差來的人，又與小官誥愁，怎敢輕慢？權坐無妨。』燕青再三謙讓了，遠遠地坐下。陳將士叫取酒來，把盞勸燕青；燕青推却道：『小人天戒不飲酒。』待他把過三兩巡酒，兩個兒子，都來與父親慶賀遞酒。燕青把眼使叫解珍、解寶行事。解寶身邊取出不按君臣的藥，頭張人眼慢，放在酒壺裏。燕青便起身说道：『葉貴雖然不曾將酒過江，借相公酒果，權爲上賀之意。』便斟一大鍾酒，上勸陳將士，滿飲此杯。隨即便勸陳益、陳泰兩個，各飲了一杯。當面有幾個心腹莊客，都被燕青勸了一杯。

燕青那嘴一努，解珍出來外面，尋了火種，身邊取出號旗號炮，就莊前放起。左右兩邊，已有頭領等候，衹聽號炮響，前來策應。燕青在堂裏，見一個個都倒了，身邊掣出短刀，和解寶一齊動手，早都割下頭來。莊門外哄動十個好漢，從前面打將入來。

那十員將佐：『花和尚』魯智深，『行者』武松，『九紋龍』史進，『病關索』楊雄，『黑旋風』李逵，『八臂那吒』項充，『飛天大聖』李衮，『喪門神』鮑旭，『錦豹子』楊林，『病大蟲』薛永。門前衆莊客，那裏迎敵得住？裏面燕青、解珍、解寶早提出陳將士父子首級來；莊門外又早一彪人馬官軍到來，爲首六員將佐。那六員：『美髯公』朱仝，『急先鋒』索超，『没羽箭』張清，『混世魔王』樊瑞，『打虎將』李忠，『小霸王』周通。當下六員首將，引一千軍馬，圍住莊院，把陳將士一家老幼，盡皆殺了。拿住莊客，引去浦裏看時，傍莊傍港，泊着三四百隻船，却滿滿裝載糧米在内。衆將得了數目，飛報主將宋江。

宋江聽得殺了陳將士，便與吴用計議進兵。收拾行李，辭了總督張招討，部領大隊人馬，親到陳將士莊上，分撥前隊將校，上船行計，一面使人催趲戰船過去。吴用道：『選三百隻快船，船上各插着方臘降來的旗號。着一千軍漢，各穿了號衣，其餘三四千人，衣服不等。『三百隻船内，埋伏二萬餘人。更差穆弘扮做陳益，李俊扮做陳泰，各坐一隻大船，其餘船分撥將佐。

第一撥船上，穆弘、李俊管領。穆弘身邊，撥與十個偏將簇擁着。那十個：項充、李衮、鮑旭、薛永、楊林、杜遷、宋萬、鄒淵、鄒潤、石勇。李俊身邊，也撥與十個偏將簇擁着。那十個：童威、童猛、孔明、孔亮、鄭天壽、李立、李雲、施恩、白勝、陶宗旺。

第二撥船上，差張横、張順管領。張横船上，撥與四個偏將簇擁着。那四個：曹正杜興龔旺丁得孫張順船上，撥與四個偏將簇擁着。那四個：孟康侯健湯隆焦挺

第三撥船上，便差十員正將管領，也分作兩船進發。那十個：史進、雷横、楊雄、劉唐、蔡慶、張清、李逵、解珍、解寶、柴進。

這三百船上，分派大小正偏將佐，共計四十二員渡江。次後宋江等，却把戰船裝載馬匹，游龍飛鯨等船一千隻，打着宋朝先鋒使宋江旗號，大小馬步將佐，一發載船渡江。兩個水軍頭領，一個是阮小二，一個是阮小五，總行催督。

且不説宋江中軍渡江，却説潤州北固山上，哨見對港三百來隻戰船，一齊出浦，船上却插着護送衣糧先鋒紅旗號，南軍連忙報入行省裏來。吕樞密聚集十二個統制官，都全副披挂，弓弩上弦，刀劍出鞘，帶領精兵，自來江邊觀看。見前面一百隻船，先傍岸攏來；船上望着兩個爲頭的前後簇擁着的，都披着金鎖子號衣，一個個都是那彪形大漢。吕樞密下馬，坐在銀交椅上，十二個統制官，兩行把住江岸。穆弘、李俊見吕樞密在江岸上坐地，起身聲喏。左右虞候，喝令住船，一百隻船，一字兒抛定了錨。背後那二百隻船，乘着順風，都到了；分開在兩下攏來，一百隻在左，一百隻在右，做三下均匀擺定了。

客帳司下船來問道：『船從那裏來？』穆弘答道：『小人姓陳名益，兄弟陳泰，父親陳觀，特遣某等弟兄，獻納白米五萬石，船三百隻，

精兵五千，來謝樞密恩相保奏之恩。』客帳司道：『前日樞密相公，使葉虞候去來，見在何處？』穆弘道：『虞候和吴成各染傷寒時疫，見在莊上養病，不能前來。今將關防文書，在此呈上。』客帳司接了文書，上江岸來稟復吕樞密道：『揚州定浦村陳府尹男陳益、陳泰，納糧獻兵，呈上原去關防文書在此。』吕樞密看，果是原領公文，傳鈞旨，教唤二人上岸。客帳司唤陳益、陳泰上來參見。

穆弘、李俊上得岸來，隨後二十個偏將，都跟上去。排軍喝道：『卿相在此，閑雜人不得近前。』二十個偏將都立住了。穆弘、李俊躬身叉手，遠遠得立。客帳司半晌，方引二人過去參拜了，跪在面前。吕樞密道：『你父親陳觀，如何不自來？』穆弘稟道：『父親聽知是梁山泊宋江等領兵到來，誠恐賊人下鄉擾攪，在家支吾，未敢擅離。』吕樞密道：『你兩個那個是兄？』穆弘道：『陳益是兄。』吕樞密道：『你弟兄兩個，曾習武藝麽？』穆弘道：『托賴恩相福蔭，頗曾訓練。』吕樞密道：『你將來白糧，怎地裝載？』穆弘道：『大船裝糧三百石，小船裝糧一百石。』吕樞密道：『你兩個來到，恐有他意！』穆弘道：『小人父子，一片孝順之心，怎敢懷半點外意？』吕樞密道：『雖然是你好心，吾觀你船上軍漢，模樣非常，不由人不疑。你兩個祇在這裏，吾差四個統制官，引一百軍人下船搜看，但有分外之物，决不輕恕。』穆弘道：『小人此來，指望息相重用，何必見疑！』

吕師囊正欲點四個統制下船搜着，祇見探馬報道：『有聖旨到南門外了，請樞相便上馬迎接。』吕樞密急上了馬，便吩咐道：『且與我把住江岸，這兩個陳益、陳泰隨將我來！』穆弘把眼看李俊，一覺等吕樞密先行去了；穆弘、李俊後招呼二十個偏將，便入城門。守門將校喝道：『樞密相公祇叫這兩個爲頭的人來；其餘人伴，休放進去！』穆弘、李俊過去了，二十個偏將都被擋住在城邊。

且说吕樞密到南門外，接着天使，便問道：『緣何來得如此要急？』那天使是方臘面前引進使馮喜，悄悄地對吕師道：『近日司天太監浦文英奏道：「夜觀天象，有無數罡星，入吴地分野，中間雜有一半無光，就裏爲禍不小。」天子特降聖旨，教樞密緊守江岸。但有北邊來的人，須要仔細盤詰，磨問實情；如是形影奇异者，隨即誅殺，勿得停留。』

吕樞密聽了大驚：『却這一班人，我十分疑忌，如今却得這話。且請到城中開讀。』馮喜同吕樞密都到行省，開讀聖旨已了，衹見飛馬又報：『蘇州又有使命，擎御弟三大王令旨到來。』言説：『你前日揚州陳將士投降一節，未可唯信，誠恐有詐。近奉聖旨，近來司天監内，照見罡星入於吴地分野，可以牢守江岸。我早晚自差人到來監督。』吕樞密道：『大王亦爲此事挂心，下官已奉聖旨。』隨即令人牢守江面來的船主人，一個也休放上岸，一面設宴管待兩個使命。

却説那三百隻船上人，見半日没些動静。左邊一百隻船上張横、張順，帶八個偏將，提軍器上岸；右邊一百隻上十員正將，都拿了刀，鑽上岸來；守江面南軍，攔當不住。『黑旋風』李逵，和解珍、解寶，便搶入城；守門官軍急出攔截，李逵掄起雙斧，一砍一剁，早殺翻兩個把門官軍。城邊發起喊來，解珍、解寶各挺鋼叉入城，都一時發作，那裏關得城門迭？李逵横身在門底下，尋人砍殺。先至城邊二十個偏將，各奪了軍器，就殺起來。

吕樞密急使人傳令來，教牢守江面時，城門邊已自殺入城了。

十二個統制官，聽得城邊發喊，各提動軍馬時，史進、柴進，早招起三百隻船内軍兵，脱了南軍的號衣，爲首先上岸，船艙裏埋伏軍兵，一齊都殺上岸來。爲首統制官沈剛、潘文得兩路軍馬來保城門時，沈剛被史進一刀剁下馬去，潘文得被張横刺斜裏一搠倒。衆軍混殺，那十個統制官，都望城子裏退入去，保守家眷。穆弘、李俊在城中聽得消息，就酒店裏得火種，便放起火來。吕樞密急上馬時，早得三個統制官到來救應。城裏降因也似火起。瓜洲望見，先發一彪軍馬，過來接應。城裏四門，混戰良久，城上早竪起宋先鋒旗號，四面八方，混殺人馬，難以盡説，下來便見。

且説江北岸，早有一百五十隻戰船傍岸，一齊牽上戰馬，爲首十員戰將登岸，都是全付披挂。那十員大將：關勝、呼延灼、花榮、秦明、郝思文、宣贊、單廷珪、韓滔、彭玘、魏定國，正偏戰將一千員，部領二千軍馬，衝殺入城。此時吕樞密方大敗，引着中傷人馬，徑奔丹徒縣去了。大軍奪得潤州，且教救滅了火，分撥把住四門，却來江邊，迎接宋先鋒船，正見江面上游龍飛鯨船隻，乘着順風，都到南岸。

大小將佐，迎接宋先鋒入城，預先出榜，安撫百姓，點本部將佐，都到中軍請功。史進獻沈剛首級，張橫獻潘文得首級，劉唐獻沈澤首級，孔明、孔亮生擒卓萬里，項充、李衮生擒和潼，郝思文箭射死徐統。得了潤州，殺了四個統制官，生擒兩個統制官，殺死牙將官兵，不計其數。

宋江點本部將佐，折了三個偏將，都是亂軍中被箭射死，馬踏身亡。那三個：一個是『雲裏金剛』宋萬，一個是『没面目』焦挺，一個是『九尾龜』陶宗旺，宋江見折了三將，心中煩惱，快快不樂。吳用勸道：『生死人之分定，雖折了三個兄弟，且喜得了江南第一個險隘州郡，何故煩惱，有傷玉體？要與國家幹功，且請理論大事。』宋江道：『我等一百八人，天文所載，上應星曜。當初梁山泊發願，五臺山設誓，但願同生同死。回京之后，誰想道先去了公孫勝，御前留了金大堅、皇甫端，蔡太師又用了蕭讓，王都尉又要了樂和。今日方渡江，又折了我三個弟兄。想起宋萬這人，雖然不曾立得奇功，當初梁山泊開荆之時，多虧此人。今日作泉下之客！』

宋江傳令，叫軍士就宋萬死處，搭起祭儀，列了銀錢，排下烏薈白羊，宋江親自祭祀奠酒。就押生擒到僞統制卓萬里、和潼，就那裏斬首瀝血，享祭三位英魂。宋江回府治裏，支給功賞，一面寫了申狀，使人報捷親請張招討，不在話下。沿街殺的死尸，盡教收拾出城燒化，收拾三個偏將骸，葬於潤州東門外。

且説吕樞密折了大半人馬，引着六個統制官，退守丹徒縣，那裏敢再進兵？中將告急文書，去蘇州報與三大王方貌求救。聞有探馬報來，蘇州差元帥邢政領軍到來了。吕樞密接見邢元帥，問慰了，來到縣治，備説：『陳將士詐降緣由，以致透露宋江軍馬渡江。今得元帥到此，可同恢復潤州。』邢政道：『三大王爲知罡星犯吳地，特差下官領軍到來，巡守江面。不想樞密失利，下官與你報讎，樞密當以助戰。』次日，邢政引軍來恢奪潤州。

却説宋江於潤州衙内與吳用商議，差童威、童猛引百餘人，去焦山尋取石秀、阮小七，一面調兵出城，來取丹徒縣。點五千軍馬，爲首差十員正將。那十人：關勝、林冲、秦明、呼延灼、董平、花榮、

徐寧、朱仝、索超、楊志。當下十員正將，部領精兵五千，離了潤州，望丹徒縣來。關勝等正行之次，路上正迎着邢政軍馬。兩軍相對，各把弓箭射住陣脚，排成陣勢。南軍陣上，邢政挺槍出馬，六個統制官，分在兩下。宋軍陣中關勝見了，縱馬舞青龍偃月刀來戰邢政。兩員將鬥到十四五合，一將翻身落馬。正是：瓦罐不離井上破，將軍必在陣前亡。畢竟二將斷殺，輸了的是誰，且聽下回分解。

第一百一十二回　盧俊義分兵宣州道　宋公明大戰毗陵郡

話說元帥邢政和關勝交馬，戰不到十四五合，被關勝手起一刀，砍於馬下。呼延灼見砍了邢政，大驅人馬，卷殺將去，六個統制官望南而走。呂樞密見本部軍兵大敗虧輸，棄了丹徒縣，領了傷殘軍馬，望常州府而走。宋兵十員大將，奪了縣治，報捷於宋先鋒知道，部領大隊軍兵，前進丹徒縣駐扎，賞勞三軍，飛報張招討，移兵鎮守潤州。次日，中軍從耿二參謀送賞賜到丹徒縣，宋江祇受，給賜衆將。

宋江請盧俊義計議調兵征進，宋江道：『目今宣湖二州，亦是賊寇方臘占據，我今與你分兵撥將，作兩路征勦，寫下兩個鬮子，對天拈取；若拈得所征地方，便引兵去。』當下宋江鬮得常蘇二處，盧俊義鬮得宣湖二處，宋江便叫『鐵面孔目』裴宣把衆將均分。除楊志患病不能征進，寄留丹徒外，其餘將校撥開兩路。宋先鋒分領將佐攻打常蘇二處，正偏將共計四十二人，正將一十三員，偏將二十九員：

正將先鋒使『呼保義』宋江，軍師『智多星』吳用，『撲天雕』李應，『大刀』關勝，『小李廣』花榮，『霹靂火』秦明，『金槍手』徐寧，『美

髯公」朱仝，「花和尚」魯智深，「行者」武松，「九紋龍」史進，「黑旋風」李逵，「神行太保」戴宗，偏將「鎮三山」黃信，「病尉遲」孫立，「井木犴」郝思文，「醜郡馬」宣贊，「百勝將」韓滔，「天目將」彭玘，「混世魔王」樊瑞，「鐵笛仙」馬麟，「錦毛虎」燕順，「八臂那吒」項充，「飛天大聖」李衮，「喪門神」鮑旭，「矮脚虎」王英，「一丈青」扈三娘，「錦豹子」楊林，「金眼彪」施恩，「鬼臉兒」杜興，「毛頭星」孔明，「獨火星」孔亮，「轟天雷」凌振，「鐵臂膊」蔡福，「一枝花」蔡慶，「金毛犬」段景住，「通臂猿」侯健，「神算子」蔣敬，「神醫」安道全，「險道神」郁保四，「鐵扇子」宋清，「鐵面孔目」裴宣。

大小正偏將佐四十二員，隨行精兵三萬人馬，宋先鋒總領。

副先鋒盧俊義亦分將佐攻打宣湖二處，正偏將佐共四十七員，正將一十四員，偏將三十三員，朱武偏將之首，受軍師之職。

正將副先鋒「玉麒麟」盧俊義，軍師「神機」朱武，「小旋風」柴進，「豹子頭」林冲，「雙槍將」董平，「雙鞭」呼延灼，「急先鋒」索超，「没遮攔」穆弘，「病關索」楊雄，「插翅虎」雷横，「兩頭蛇」解珍，「雙尾蝎」解寶，「没羽箭」張清，「赤髮鬼」劉唐，「浪子」燕青。偏將「聖水將」單廷珪，「神火將」魏定國，「小温侯」吕方，「賽仁貴」郭盛，「摩雲金翅」歐鵬，「火眼狻猊」鄧飛，「打虎將」李忠，「小霸王」周通，「跳澗虎」陳達，「白花蛇」楊春，「病大蟲」薛永，「摸着天」杜遷，「小遮攔」穆春，「出林龍」鄒淵，「獨角龍」鄒潤，「催命判官」李立，「青眼虎」李雲，「石將軍」石勇，「旱地忽律」朱貴，「笑面虎」朱富，「小尉遲」孫新，「母大蟲」顧大嫂，「菜園子」張青，「母夜叉」孫二娘，「白面郎君」鄭天壽，「金錢豹子」湯隆，「操刀鬼」曹正，「白日鼠」白勝，「花項虎」龔旺，「中箭虎」丁得孫，「活閃婆」王定六，「鼓上蚤」時遷。

大小正偏將佐四十七員，隨征精兵三萬人馬，盧俊義管領。

看官牢記話頭，盧先鋒攻打宣湖二州，共是四十七人；宋公明攻打常蘇二處，共是四十二人。計有水軍首領，自是一伙，爲因童威、童猛差去焦山，尋見了石秀、阮小七，回報道：「石秀、阮小七來到江邊，殺了一家老小，奪得一隻快船，前到焦山寺内。寺主知道是梁

山泊好漢，留在寺中宿食。後知張順幹了功勞，打聽得焦山下船，取茆港，好去攻伐江陰，太倉，沿海州縣，使人申將文書來，索請水軍頭領，並要戰具船隻。」宋江即差李俊等八員，撥與水軍五千，跟隨石秀、阮小七等，共取水路，計正偏將一十員。那十員，正將七員，偏將三員：

『拼命三郎』石秀，『混江龍』李俊，『船火兒』張橫，『浪裏白條』張順，『立地太歲』阮小二，『短命二郎』阮小五，『活閻羅』阮小七，『出洞蛟』童威，『翻江蜃』童猛，『玉幡竿』孟康。

大小正偏將佐一十員，水軍精兵五千，戰船一百隻。

看官聽説，宋江自丹徒分兵，共是九十九人，已自不滿百數。大戰船都撥與水軍頭領攻打江陰、太倉，小戰船却俱入丹徒，都在裏港，隨軍攻打常州。

話説吕師囊引了六個統制官，退保常州陵郡。這常州原有守城統制官錢振鵬，手下兩員副將：一個是晋陵縣上濠人氏，姓金名節；一個是錢振鵬心腹之人許定。錢振鵬原是清溪縣都頭出身，協助方臘，累得城池，升做常州制置使。聽得吕樞密失利，折了潤州，一路退回常州，隨即引金節、許定，開門迎接，請入州治管待已了，商議迎戰之策。錢振鵬道：『樞相放心。錢某不才，願施犬馬之勞，直殺的宋江那們大敗過江，恢復潤州，方遂吾願！』吕樞密撫慰道：『若得制置如此用心，何慮國家不安？成功之后吕某當極力保奏，高遷重爵。』當日筵宴，不在話下。

且説宋先鋒領起分定人馬，攻打常蘇二州，撥馬軍長驅大進，望陵郡來。爲頭正將一員關勝，部領十員將佐。那十人：秦明、徐寧、黄信、孫立、郝思文、宣贊、韓滔、彭玘、馬麟、燕順；正偏將佐共計十一員，引馬軍三千，直取常州城下，摇旗擂鼓搦戰。吕樞密看了道：『誰敢去退敵軍？』錢振鵬備了戰馬道：『錢某當以效力向前。』吕樞密隨即撥六個統制官相助。六個是誰：應明、張近仁、趙毅、沈林、高可立、范疇。七員將帶領五千人馬，開了城門，放下吊橋。錢振鵬使口撥風刀，騎一匹卷毛赤兔馬，當先出城。

關勝見了，把軍馬暫退一步，讓錢振鵬列成陣勢，六個統制官，

分在兩下。對陣關勝當先立馬橫刀，厲聲高叫：『反賊聽着！汝等助一匹夫謀反，損害生靈，人神共怒！今日天兵臨境，尚不知死，敢來與我拒敵！我等不把你這賊徒誅盡殺絕，誓不回兵！』錢振鵬聽了大怒，罵道：『量你等一伙，是梁山泊草寇，不知天時，却不思圖王霸業，倒去降無道昏君，要來和俺大國相拼。我今直殺的你片甲不回才罷！』關勝大怒，舞起青龍偃月刀，直衝將來；錢振鵬使動撥風刀，迎殺將去。兩員將廝殺，鬥了三十合之上，錢振鵬漸漸力怯，抵擋不住。

南軍門旗下兩個統制官看見錢振鵬力怯，挺兩條，槍一齊出馬，前去夾攻。關勝上首趙毅，下首范疇。宋軍門旗下，惱犯了兩員偏將，一個舞動喪門劍，一個使起虎眼鞭，搶出馬來，乃是『鎮三山』黃信，『病尉遲』孫立。六員將，三對兒在陣前殺。呂樞密急使許定、金節出城助戰。兩將得令，各持兵器，都上馬直到陣前，見趙毅戰黃信，范疇戰孫立，却也都是對手。鬥到間深裏，趙毅、范疇漸折便宜；許定、金節各使一口大刀出陣。宋軍陣中韓滔、彭玘二將，雙出來迎。金節戰住韓滔，許定戰住彭玘，四將又鬥，五對兒在陣前廝殺。

原來金節素有歸降大宋之心，故意要本隊陣亂，略鬥數合，撥回馬望本陣先走；韓滔乘勢追將去。南軍陣上高可立，看見金節被韓滔追趕得緊急，取雕弓，搭上硬箭，滿滿地拽開，颼的一箭，把韓滔面頰上射着，倒撞下馬來。這裏秦明急把馬一拍，輪起狼牙棍前來救時，早被那裏張近仁搶出來，咽喉上一槍，結果了性命。

彭玘和韓滔是一正一副的兄弟，見他身死，急要報仇，撇了許定，直奔陣上，去尋高可立。許定趕來，却得秦明敵住。高可立看見彭玘趕來，挺槍便迎。不提防張近仁從肋窩裏撞將出來，把彭玘一搠下馬去。關勝見損了二將，心中忿怒，恨不得殺進常州，使轉神威，把錢振鵬一刀，也剁於馬下。待要搶他那騎赤兔卷毛馬，不提防自己坐下赤兔馬，一脚前失，倒把關勝掀下馬來，南陣上高可立、張近仁兩騎馬便來搶關勝，却得徐寧引宣贊、郝思文二將齊出，救得關勝回歸本陣。呂樞密大驅人馬，卷殺出城，關勝衆將失利，望北退走，南兵追趕二十餘里。

此日關勝折了些人馬，引軍回見宋江，訴说折了韓滔、彭玘。宋江大哭道：『誰想渡江已來，損折我五個兄弟。莫非皇天有怒，不容

宋江收捕方臘，以致損兵折將？』吴用勸道：『主帥差矣！輸贏勝敗，兵家常事，不足爲怪，此是兩個將軍禄絶之日，以致如此。請先鋒免憂，且理大事。』祇見帳前轉過李逵便说道：『着幾個認得殺俺兄弟的人，引我去那賊徒，替我兩個哥哥報仇！』宋江傳令，教來日打起一面白旗，我親自引衆將，直至城邊，與賊交鋒，决個勝負。次日，宋公明領起大隊人馬，水陸並進，船騎相迎，拔寨都起。『黑旋風』李逵，引着鮑旭、項充、李衮，帶領五百悍勇步軍，先來出哨，直到常州城下。

吕樞密見折了錢振鵬心下甚憂，連發了三道飛報文書，去蘇州三大王方貌處求救，一面寫表申奏朝廷。又聽得報道：『城下有五百步軍打城，認旗上寫道爲首的是「黑旋風」李逵。』吕樞密道：『這是梁山泊第一個凶徒，慣殺人的好漢，誰敢與我先去拿他？』帳前轉過兩個得勝獲功的統制官高可立、張近仁。吕樞密道：『你兩個若拿得這個賊人，我當一力保奏，加官重賞。』

張高二統制，各綽槍上馬，帶領一千馬步兵，出城迎敵。『黑旋風』李逵見了，便把五百步軍一字兒擺開，手掄兩把板斧，立在陣前；『喪門神』鮑旭，仗着一口大闊板刀，隨於側首；項充、李衮兩個，各人手挽着蠻牌，右手拿着鐵標，四個人各披前后掩心鐵甲，列於陣前。高張二統制正是得勝狸猫强似虎，及時鴉鵲便欺雕，統着一千軍馬，靠城排開。

宋軍内有幾個探子，却認得高可立、張近仁兩個，是殺韓滔、彭玘的，便指與『黑旋風』道：『這兩個領軍的，便是殺俺韓彭二將軍的！』李逵聽了這说，也不打話，拿起兩把板斧，直搶過對陣去。鮑旭見李逵殺過對陣，急呼項充、李衮舞起蠻牌，便去策應。四個齊發一聲喊，滚過對陣。高可立、張近仁吃了一驚，措手不及，急待回馬，那兩個蠻牌，早滚到馬頷下，高可立、張近仁在馬上把槍望下搠時，項充、李衮把牌迎住。李逵斧起，早砍翻高可立馬脚，高可立顛下馬來。項充叫道：『留下活的』時，李逵是個好殺人的漢子，那裏忍耐得住，早一斧砍下頭來。鮑旭從馬上揪下張近仁，一刀也割了頭，四個在陣裏亂殺。『黑旋風』把高可立的頭縛在腰裏，輪起兩把板斧，不問天地，横身在裏面砍殺，殺得一千馬步軍，退入城去，也殺了三四百人，直到吊橋邊。

李逵和鮑旭兩個，便要殺入城去，項充、李衮死當回來。城上擂木炮石，早打下來。四個回到陣前，五百軍兵，依原一字擺開，那裏敢輕動？本是也要來混戰，怕『黑旋風』不分清白，見的便砍，因此不敢近前。

塵頭起處，宋先鋒軍馬已到，李逵鮑旭，各獻首級，衆將認得是高可立、張近仁的頭，都喫了一驚道：『如何獲得仇人首級？』兩個说：『殺了許多人衆，本待要捉活的來，一時手癢，忍耐不住，就便殺了。』宋江道：『既有仇人首級，可於白旗下，望空祭祀韓彭二將。』宋江又哭了一場，放倒白旗，賞了李逵、鮑旭、項充、李衮四人，便進兵到常州城下。

且说吕樞密在城中心慌，便與金節、許定，並四個統制官，商議退宋江之策。諸將見李逵等殺了這一陣，衆人都膽顫心寒，不敢出戰。問了數聲，如箭穿嘴，鈎搭魚腮，默默無言，無人敢應。吕樞密心内納悶，教人上城看時，宋江軍馬，三面圍住常州，盡在城下擂鼓摇旗，吶喊搦戰。吕樞密叫衆將，且各上城守護。衆將退去，吕樞密自在後堂尋思，無計可施，喚集親隨左右心腹人商量，自欲棄城逃走，不在話下。

且说守將金節回到自己家中，與其妻秦玉蘭说道：『如今宋先鋒圍住城池，三面攻擊。我等城中糧食缺少，不經久困；倘或打破城池，我等那時，皆爲刀下之鬼。』秦玉蘭答道：『你素有忠孝之心，歸降之意，更兼原是宋朝舊官，朝廷不曾有甚負汝，不若去邪歸正，擒捉吕師囊，獻與宋先鋒，便是進身之計。』金節道：『他手下見有四個統制官，各有軍馬。許定這廝，又與我不睦，與吕師囊又是心腹之人。我恐事未必諧，反惹其禍。』其妻道：『你祇密密地，寅夜修一封書緘，拴在箭上，射出城去，和宋先鋒達知裏應外合取城。你來日出戰，詐敗佯輸，引誘入城，便是你的功勞。』金節道：『賢妻此言極當，依汝行之。』史官詩曰：

棄暗投明免禍機，毗陵重見負羈妻。
婦人尚且存忠義，何事男兒識見迷。

次日，宋江領兵攻城得緊，樞密聚衆商議，金節答道：『常州城池高廣，祇宜守，不可敵。衆將且堅守，等待蘇州救兵來到，方可會合出戰。』吕樞密道：『此言極是！』公撥衆將：應明、趙毅守把東

門；沈林，范疇守把北門；金節守把西門；許定守把南門。調撥已定，各自領兵堅守。當晚金節寫了私書，拴在箭上，待夜深人靜，在城上望着西門外探路軍人射將下去。那軍校拾得箭矢，慌忙報入寨裏來。守西寨正將『花和尚』魯智深同『行者』武松兩個見了，隨即使偏將杜興賫了，飛報東北門大寨裏來。宋江、吴用點着明燭，在帳裏議事，杜興呈上金節的私書，宋江看了大喜，便傳令教三寨中知會。

次日，三寨内頭領，三面攻城。吕樞密在戰樓上，正觀見宋江陣裏『轟天雷』凌振，扎起炮架，却放了一個風火炮，直飛起去，正打在敵樓角上，骨碌碌一聲響，平塌了半邊。吕樞密急走，救得性命下城來，催督四門守將，出城搦戰。擂了三通戰鼓，大開城門，放下吊橋，北門沈林、范疇引軍出戰。宋軍中『大刀』關勝，坐下錢振鵬的卷毛赤兔馬，出於陣前，與范疇交戰。兩個正待相持，西門金節又引出一彪軍來搦戰。宋江陣上『病尉遲』孫立出馬。

兩個交戰，礩不到三合，金節詐敗，撥轉馬頭便走。孫立當先，燕順、馬麟爲次，魯智深、武松、孔明、孔亮、施恩、杜興，一發進兵。金節便退入城，孫立已趕入城門邊，占住西門。城中鬧起，知道大宋軍馬，已從西門進城了。那時百姓都被方臘殘害不過，怨氣衝天，聽得宋軍入城，盡出來助戰。城中早竪起宋先鋒旗號，范疇、沈林見了城中事變，急待奔入城去，保全老小時，左邊衝出王矮虎、一丈青，早把范疇捉了。右邊衝出宣贊、郝思文兩個，一齊向前，把沈林一刺下馬去，衆軍活捉了。宋江、吴用大驅人馬入城，四下裏搜捉南兵，盡行誅殺。吕樞密引了許定，自投南門而走，死命奪路，衆軍追趕不上，自回常州聽令，論功升賞。趙毅躲在百姓人家，被百姓捉來獻出。應明亂軍中殺死，獲得首級。宋江來到州治，便出榜安撫，百姓扶老携幼，詣州拜謝。宋江撫慰百姓，復爲良民，衆將各來請功。

金節赴州治拜見宋江，宋江親自下階迎接金節，上廳請坐。金節感激無限，復爲宋朝良臣，此皆其妻贊成之功，不在話下。宋江叫把范疇、沈林、趙毅三個，陷車盛了，寫道申狀，就叫金節親自解赴潤州張招討中軍帳前。金節領了公文，監押三將，前赴潤州交割。比及去時，宋江已自先叫『神行太保』戴宗，賫飛報文書，保舉金節到中

軍了。張招討見宋江申覆金節如此忠義，後金節到潤州，張招討大喜，賞賜金節金銀、段匹、鞍馬、酒禮。有副都督劉光世，就留了金節，升做行軍都統，留於軍前聽用。後來金節跟隨劉光世大破金兀術四太子，多立功勞，直做到親軍指揮使，至中山陣亡，這是金節的結果。有詩爲證：

從邪廊廟生堪愧，殉義沙場骨也香。

他日中山忠義鬼，何如方臘陣中亡。

當日張招討，劉都督賞了金節，把三個賊人，碎尸萬段，梟首示衆，隨即使人來常州，犒勞宋先鋒軍馬。

且説宋江在常州屯駐軍馬，使戴宗去宣州、湖州盧先鋒處，飛報調兵消息，一面又有探馬報來説，吕樞密逃回在無錫縣，又會合蘇州救兵，正欲前來迎敵。宋江聞知，便調馬軍步軍，正偏將佐十員頭領，撥與軍兵一萬，望南迎敵。那十員將佐：關勝、秦明、朱仝、李應、魯智深、武松、李逵、鮑旭、項充、李衮。當下關勝等領起前部軍兵人馬，與同衆將辭了宋先鋒，離城去了。

且説戴宗探聽宣湖二州進兵的消息，與同柴進回見宋江，報説副先鋒盧俊義得了宣州，特使柴大官人到來報捷。宋江甚喜。柴進到州治，參拜已了，宋江把了接風酒，同入後堂坐下，動問盧先鋒破宣州備細緣由。柴進將出申達文書，與宋江看了，備説打宣州一事。

方臘部下鎮守宣州經略使家餘慶，手下統制官六員，都是歙州睦州人氏。那六人：李韶、韓明、杜敬臣、魯安、潘濬、程勝祖。當日家餘慶分調六個統制，做三路出城對陣，盧先鋒也分三路軍兵迎敵。中間是呼延灼和李韶交戰，董平共韓明相持。戰到十合，韓明被董平兩刺死，李韶遁去，中路軍馬大敗。左軍是林冲和杜敬臣交戰，索超與魯安相持。林冲蛇矛刺死杜敬臣，索超斧劈死魯安。右軍是張清和潘濬交戰，穆弘共程勝祖相持。張清一石子打下潘濬，『打虎將』李忠趕出去殺了。程勝祖棄馬逃回。此日連勝四將，賊兵退入城去。

盧先鋒急驅衆將奪城，趕到門邊，不提防賊兵城上，飛下一片磨扇來，打死俺一個偏將。城上箭如雨點一般射下來，那箭矢都有毒藥，射中俺兩個偏將，止及到寨，俱各身死。盧先鋒因見折了三將，連夜

攻城。守東門賊將不緊，因此得了宣州。亂軍中殺死了李韶，家餘慶領了些敗殘軍兵，望湖州去了。

程勝祖自陣上，不知去向；磨扇打死了『白面郎君』鄭天壽；兩個中藥箭的是『操刀鬼』曹正，『活閃婆』王定六。宋江聽得又折了三個兄弟，大哭一聲，驀然倒地，未知五臟如何，先見四肢不舉。正是：花開又被風吹落，月皎那堪雲霧遮。畢竟宋江昏暈倒了，性命如何，且聽下回分解。

第一百一十三回 混江龍太湖小結義 宋公明蘇州大會垓

話説當下衆將救起宋江，半晌方才蘇醒，對吴用等説道：『我們今番必然收伏不得方臘了！自從渡江以來，如此不利，連連損折了我八個弟兄！』吴用勸道：『主帥休説此言，恐懈軍心。當初破大遼之時，大小完全回京，皆是天數。今番折了兄弟們，此是各人壽數。眼見得渡江以來，連得了三個大郡，潤州、常州、宣州。此乃皆是天子洪福齊天，主將之虎威，如何不利！先鋒何故自喪志氣？』宋江道：『雖然天數將盡，我想一百八人，上應列宿，又合天文所載，兄弟們如手足之親。今日聽了這般凶信，不由我不傷心！』吴用再勸道：『主將請休煩惱，勿傷貴體。且請理會調兵接應，攻打無錫縣。』宋江道：『留下柴大官人與我做伴。別寫軍帖，使戴院長與我送去，回覆盧先鋒，着令進兵攻打湖州，早至杭州聚會。』吴用教裴宣寫了軍帖回覆，使戴宗往宣州去了，不在話下。

却説吕師囊引着許定，逃回至無錫縣，正迎着蘇州三大王發來救應軍兵，爲頭是六軍指揮使衛忠，帶十數個牙將，引兵一萬，來救常

州，合兵一處，守住無錫縣。吕樞密訴説金節獻城一事，衛忠道：『樞密寬心，小將必然再要恢復常州。』祗見探馬報道：『宋軍至近，早作準備。』衛忠便引兵上馬，出北門外迎敵，早見宋兵軍馬勢大，爲頭是黑旋風李逵，引着鮑旭、項充、李衮當先，直殺過來。衛忠力怯，軍馬不曾擺成行列，大敗而走，急退入無錫縣時，四個早隨馬后，趕入縣治。吕樞密便奔南門而走。關勝引着兵馬，已奪了無錫縣。衛忠、許定亦望南門走了，都回蘇州去了。關勝等得了縣治，便差人飛報宋先鋒。宋江與衆頭領都到無錫縣，便出榜安撫了本處百姓，復爲良民，引大隊軍馬，都屯住在本縣，却使人申請張、劉二總兵鎮守常州。

且説吕樞密會同衛忠、許定三個，引了敗殘軍馬，奔蘇州城來告三大王求救，訴説宋軍勢大，迎敵不住，兵馬席捲而來，以致失陷城池。三大王大怒，喝令武士，推轉吕樞密，斬訖報來。衛忠等告説：『宋江部下軍將，皆是慣戰兵馬，多有勇烈好漢了得的人，更兼步卒，都是梁山泊小嘍羅，多曾慣鬥，因此難敵。』方貌道：『權且寄下你項上一刀，與你五千軍馬，首先出哨。我自分撥大將，隨後便來策應。』吕師囊拜謝了，全身披挂，手執丈八蛇矛，上馬引軍，首先出城。却説三大王聚集手下八員戰將，名爲八驃騎，一個個都是身長力壯，武藝精熟的人。那八員：

飛龍大將軍劉贇，飛虎大將軍張威，飛熊大將軍徐方，飛豹大將軍郭世廣，飛天大將軍鄔福，飛雲大將軍苟正，飛山大將軍甄誠，飛水大將軍昌盛。

當下三大王方貌，親自披挂，手持方天畫戟，上馬出陣，監督中軍人馬，前來交戰。馬前擺列着那八員大將，背後整整齊齊有三二十個副將，引五萬南兵人馬，出閶闔門來，迎敵宋軍。前部吕師囊引着衛忠、許定，已過寒山寺了，望無錫縣而來。宋江已使人探知，盡引許多正偏將佐，把軍馬調出無錫縣，前進十里餘路。兩軍相遇，旗鼓相望，各列成陣勢。吕師囊忿那口氣，躍坐下馬，横手中矛，親自出陣，要與宋江交戰。宋江在門旗下見了，回頭問道：『誰人敢拿此賊？』説猶未了，『金槍手』徐寧挺起手中金槍，驟坐下馬，出到陣前，便和吕樞密交戰。二將交鋒，左右助喊，約戰了二十餘合，吕師囊露出

破綻來，被徐寧肋下刺着一槍，攧下馬去。兩軍一齊吶喊。『黑旋風』李逵手揮雙斧，『喪門神』鮑旭挺仗飛刀，項充、李衮各舞槍牌，殺過陣來，南兵大亂。宋江驅兵趕殺，正迎着方貌大隊人馬，兩邊各把弓箭射住陣脚，各列成陣勢。南軍陣上，一字擺開八將。方貌在中軍聽得説殺了呂樞密，心中大怒，便横戟出馬來，大罵宋江道：『量你等衹是梁山泊一伙打家劫舍的草賊！宋朝合敗，封你爲先鋒，領兵侵入吾地，我今直把你誅盡殺絶，方才罷兵！』宋江在馬上指道：『你這衹是睦州一伙村夫，量你有甚福祿，妄要圖王霸業，不如及早投降，免汝一死！天兵到此，尚自巧言抗拒！我若不把你殺盡，誓不回軍！』方貌喝道：『且休與你論口，我手下有八員猛將在此，你敢撥八個出來殺麼？』宋江笑道：『若是我兩個並你一個，也不算好漢。你使八個出來，我使八員首將，和你比試本事，便見輸贏。』但是殺下馬的，各自抬回本陣，不許暗箭傷人，亦不許搶擄尸首。如若不見輸贏，不得混戰，明日再約廝殺。』方貌聽了，便叫八將出來，各執兵器，驟馬向前。宋江道：「諸將相讓馬軍出戰。……」説言未絶，八將齊出，那八人：關勝、花榮、徐寧、秦明、朱仝、黃信、孫立、郝思文。宋江陣内，門旗開處，左右兩邊，分出八員首將，齊齊驟馬，直臨陣上。兩軍中花腔鼓擂，雜彩旗搖，各家放了一個號炮，兩軍助著喊聲，十六騎馬齊出，各自尋著敵手，捉對兒廝殺。那十六員將佐，如何見得尋著對手，配合交鋒！關勝戰劉贇，秦明戰張威，花榮戰徐方，徐寧戰鄔福，朱仝戰茍正，黃信戰郭世廣，孫立戰甄誠，郝思文戰昌盛。真乃是難描難畫，但見：

征塵亂起，殺氣横生。人人欲作那吒，個個争爲敬德。三十二條臂膊，如織錦穿梭；六十四隻馬蹄，似追風走雹。隊旗錯雜，難分赤白青黃；兵器交加，莫辨槍刀劍戟。試看旋轉烽烟裏，真似元宵走馬燈。

這十六員猛將，都是英雄，用心相敵，鬥到三十合之上，數中一將，翻身落馬，贏得的是誰？美髯公朱仝，一槍把茍正刺下馬來。兩陣上各自鳴金收軍，七對將軍分開。兩下各回本陣。三大王方貌，見折了一員大將，尋思不利，引兵退回蘇州城内。宋江當日催趲軍馬，直近寒山寺下寨，升賞朱仝。裴宣寫了軍狀，申覆張招討，不在話下。

且说三大王方貌退兵入城，堅守不出，分調諸將，守把各門，深栽鹿角，城上列着踏弩、硬弓、擂木、炮石，窩鋪內熔煎金汁，女牆邊堆垛灰瓶，準備牢守城池。次日，宋江見南兵不出，引了花榮、徐寧、黃信、孫立，帶領三千餘騎馬軍，前來看城。見蘇州城郭，一周遭都是水港環繞，墻垣堅固，想道：『急不能够打得城破。』回到寨中，和吴用計議攻城之策。有人報道：『水軍頭領正將李俊，從江陰來見主將。』宋江教請入帳中。見了李俊，宋江便問沿海消息。李俊答道：『自從撥領水軍，一同石秀等殺至江陰、太倉沿海等處，守將嚴勇、副將李玉部領水軍船隻，出戰交鋒。嚴勇在船上被阮小二一槍搠下水去，李玉已被亂箭射死，因此得了江陰、太倉。即目石秀、張横、張順去取嘉定，三阮去取常熟，小弟特來報捷。』宋江見说大喜，賞賜了李俊，着令自往常州，去見張、劉二招討，投下申狀。且说這李俊徑投常州來，見了張招討、劉都督，備说收復了江陰、太倉海島去處，殺了賊將嚴勇、李玉。張招討給與了賞賜，令回宋先鋒處聽調。李俊回到寒山寺寨中，來見宋先鋒。宋江因見蘇州城外，水面空闊，必用水軍船隻廝殺，因此就留下李俊，教整點船隻，準備行事。李俊说道：『容俊去看水面闊狹，如何用兵，却作道理。』宋江道：『是。』李俊去了兩日，回來说道：『此城正南上相近太湖，兄弟欲得備舟一隻，投宜興小港，私入太湖裏去，出吴江，探聽南邊消息，然后可以進兵，四面夾攻，方可得破。』宋江道：『賢弟此言極當！祇是没有副手與你同去。』隨即便撥李大官人帶同孔明、孔亮、施恩、杜興四個，去江陰、太倉、崑山、常熟、嘉定等處，協助水軍，收復沿海縣治，便可替回童威、童猛，來幫助李俊行事。李應領了軍帖，辭别宋江，引四員偏將，投江陰去了。不過兩日，童威、童猛回來，參見宋先鋒。宋江撫慰了，就叫隨從李俊，乘駕小船，前去探聽南邊消息。

且说李俊帶了童威、童猛，駕起一葉扁舟，兩個水手摇櫓，五個人徑奔宜興小港裏去，盤旋直入太湖中來。看那太湖時，果然水天空闊，萬頃一碧。但見：

天連遠水，水接遥天。高低水影無塵，上下天光一色。雙雙野鷺飛來，點破碧琉璃，兩兩輕鷗驚起，衝開青翡翠。春光淡蕩，溶溶波

鰍魚鱗；夏雨滂沱，滾滾浪翻銀屋。秋蟾皎潔，金蛇游走波瀾；冬雪紛飛，玉蝶瀰漫天地。混沌鑿開元氣窟，馮夷獨占水晶宫。有詩爲證：

溶溶漾漾白鷗飛，绿净春深好染衣。
南去北來人自老，夕陽常送釣船歸。

當下李俊和童威、童猛並兩個水手，駕着一葉小船，徑奔太湖，漸近吴江，遠遠望見一派漁船，約有四五十隻。李俊道：『我等祇做買魚，去那裏打聽一遭。』五個人一徑摇到那打魚船邊，李俊問道：『漁翁，有大鯉魚嗎？』漁人道：『你們要大鯉魚，隨我家裏去賣與你。』李俊摇着船，跟那幾隻魚船去。没多時，漸漸到一個處所。看時，團團一遭，都是駝腰柳樹，籬落中有二十餘家。那漁人先把船來纜了，隨即引李俊、童威、童猛三人上岸，到一個莊院裏。一脚入得莊門，那人嗽了一聲，兩邊鑽出七八條大漢，都拿着撓，把李俊三人一齊搭住，徑捉入莊裏去，不問事情，便把三人都綁在樁木上。李俊把眼看時，祇見草廳上坐着四個好漢。爲頭那個赤須黄髮，穿着領青綢衲襖；第二個瘦長短髯，穿着一領黑绿盤領木綿衫；第三個黑面長須；第四個骨臉闊腮扇圈鬍鬚。兩個都一般穿着領青衲襖子，頭上各帶黑氈笠兒，身邊都倚着軍器。爲頭那個喝問李俊道：『你等這廝們，都是那裏人氏？來我這湖泊裏做甚麽？』李俊應道：『俺是揚州人，來這裏做客，特來買魚。』那第四個骨臉的道：『哥哥休問他，眼見得是細作了。祇顧與我取他心肝來吃酒。』李俊聽得這話，尋思道：『我在潯陽江上，做了許多年私商，梁山泊内又妝了幾年的好漢，却不想今日結果性命在這裏！罷，罷，罷！』嘆了口氣，看着童威、童猛道：『今日是我連累了兄弟兩個，做鬼也祇是一處去！』童威、童猛道：『哥哥休说這話，我們便死也够了。祇是死在這裏，埋没了兄長大名。』三面廝覷着，腆起胸脯受死。那四個好漢，却看了他們三個说了一回，互相廝覷道：『這個爲頭的人，必不是以下之人。』那爲頭的好漢又問道：『你三個正是何等樣人？可通個姓名，教我們知道。』李俊又應道：『你們要殺便殺。我等姓名，至死也不说與你，枉惹的好漢們耻笑！』那爲頭的見说了這話，便跳起來，把刀都割斷了繩索，放起這三個人來。四個漁人，都扶他至屋内請坐。爲頭那個納頭便拜，说道：『我等做

先行去了，自同李俊每日在莊上飲酒。在那裏住了兩三日，衹見打魚的回來報道：『平望鎮上，有十數隻遞運船隻，船尾上都插着黃旗，旗上寫着：『承造王府衣甲』，眼見的是杭州解來的。每隻船上，衹有五七人。』李俊道：『既有這個機會，萬望兄弟們助力。』費保道：『衹今便往。』李俊道：『但若是那船上走了一個，其計不諧了。』費保道：『哥哥放心，都在兄弟身上。』隨即聚集六七十隻打魚小船。七籌好漢，各坐一隻，其餘都是漁人，各藏了暗器，盡從小港透入大江，四散接將去。當夜星月滿天，那十隻官船，都灣在江東龍王廟前。費保船先到，忽起一聲號哨，六七十隻魚船，一齊攏來，各自幫住大船。那官船裏人急鑽出來，早被撓搭住，三個、五個，做一串兒縛了。及至跳得下水的，都被撓搭上船來。盡把小船帶住官船，都移入太湖深處，直到榆柳莊時，已是四更天氣。閑雜之人，都縛做一串，把大石頭墜定，抛在太湖裏淹死。捉得兩個爲頭的來問時，原來是守把杭州方臘大太子南安王方天定手下庫官，特奉令旨，押送新造完鐵甲三千副，解赴蘇州三大王方貌處交割。李俊問了姓名，要了一應關防文書，也把兩個庫官殺了。李俊道：『須是我親自去和哥哥商議，方可行此一件事。』費保道：『我着人把船渡哥哥，從小港裏到軍前覺近便。』就叫兩個漁人，摇一隻快船送出去。李俊分付童威、童猛，並費保等，且教把衣甲船隻，悄悄藏在莊後港內，休得吃人知覺了。費保道：『無事。』自來打並船隻。

却说李俊和兩個漁人，駕起一葉快船，徑取小港，棹到軍前寒山寺上岸。來至寨中，見了宋先鋒，備说前事。吴用聽了大喜道：『若是如此，蘇州唾手可得！便請主將傳令，就差李逵、鮑旭、項充、李衮，帶領衝陣牌手二百人，跟隨李俊回太湖莊上，與費保等四位好漢，如此行計，約在第二日進發。』李俊領了軍令，帶同一行人，直到太湖邊來。三個先過湖去，却把船隻接取李逵等一干人，都到榆柳莊上。李俊引着李逵、鮑旭、項充、李衮四個，和費保等相見了。費保看見李逵這般相貌，都皆駭然。邀取二百餘人，在莊上置備酒食相待。到第三日，衆人商議定了。費保扮做解衣甲正庫官，倪雲扮做副使，都穿了南官的號衣，將帶了一應關防文書，衆漁人都裝做官船上艄公水

手，却藏黑旋風等二百餘人將校在船艙裏；卜青、狄成押着後船，都帶了放火的器械。却欲要行動，祇見漁人又來報道：『湖面上有一隻船，在那裏摇來摇去。』李俊道：『又來作怪！』急自去看時，船頭上立着兩個人，看來却是『神行太保』戴宗和『轟天雷』凌振。李俊忽了一聲號哨，那隻船飛也似奔來莊上，到得岸邊，上岸來，都相見了。李俊問：『二位何來？甚事見報？』戴宗道：『哥哥急使李逵來了，正忘却一件大事，特地差我與凌振一百號炮在船裏，湖面上尋趕不上，這裏又不敢攏來傍岸，教兄弟明早卯時進城，到得裏面，便放這一百個火炮爲號。』李俊道：『最好！』便就船裏，搬過炮籠炮架來，都藏埋衣甲船內。費保等聞知是戴宗，又置酒設席管待。凌振帶來十個炮手，都埋伏攏在第三隻船內。當夜四更，離莊望蘇州來，五更已後，到得城下。守門軍士，在城上望見南國旗號，慌忙報知管門大將，却是飛豹大將軍郭世廣，親自上城來問了小校備細，接取關防文書，吊上城來看了。郭世廣使人至三大王府裏，辯看了來文，又差人來監視，却才教放入城門。郭世廣直在水門邊坐地，再叫人下船看時，滿滿地堆着鐵甲號衣，因此一隻隻都放入城去。放過十隻船了，便關水門。三大王差來的監視官員，引着五百軍，在岸上跟定，便着灣住了船。李逵、鮑旭、項充、李衮，從船艙裏鑽出來。監視官見了四個人，形容粗醜，急待問是甚人時，項充、李衮早舞起團牌，飛出一把刀來，把監視官剁下馬去。那五百軍欲待上船，被李逵掣起雙斧，早跳在岸上，一連砍翻十數個，那五百軍人走都了。船裏衆好漢，並牌手二百餘人，一齊上岸，便放起火來。凌振就岸邊撒開炮架，搬出號炮，連放了十數個。那炮震得城樓也動，四下裏打將入去。三大王方貌正在府中計議，聽的火炮接連響，驚得魂不附體。各門守將，聽得城中炮響不絶，各引兵奔城中來。各門飛報，南軍都被冷箭射死，宋軍已上城了。蘇州城內鼎沸起來，正不知多少宋軍入城。『黑旋風』李逵和鮑旭引着兩個牌手，在城裏横衝直撞，追殺南兵。李俊、戴宗引着費保四人，護持凌振，祇顧放炮。宋江已調三路軍將取城。宋兵殺入城來，南軍漫散，各自逃生。

且说三大王方貌急急披挂上馬，引了五七百鐵甲軍，奪路待要殺

出南門，不想正撞見黑旋風李逵這一伙，殺得鐵甲軍東西亂竄，四散奔走。小巷裏又撞出魯智深，掄起鐵禪杖打將來。方貌抵當不住，獨自躍馬，再回府來。烏鵲橋下轉出武松，趕上一刀，掠斷了馬脚，方貌倒顛將下來，被武松再復一刀砍了，提首級徑來中軍，參見先鋒請功。此時宋江已進城中王府坐下，令諸將各自去城裏搜殺南軍，盡皆捉獲。單祇走了劉贇一個，領了些敗殘軍兵，投秀州去了。有詩爲證：

神器從來不可幹，僭王稱號詎能安？
武松立馬誅方貌，留與凶頑做樣看。

宋江到王府坐下，便傳下號令，休教殺害良民百姓，一面教救滅了四下裏火，便出安民文榜，曉諭軍民。次後聚集諸將，到府請功。已知武松殺了方貌，朱仝生擒徐方，史進生擒了甄誠，孫立鞭打死張威，李俊槍刺死昌盛，樊瑞殺死鄔福，宣贊和郭世廣鏖戰，你我相傷，都死於飲馬橋下，其餘都擒得牙將，解來請功。宋江見折了『醜郡馬』宣贊，傷悼不已，便使人安排花棺彩槨，迎去虎丘山下殯葬。把方貌首級，並徐方、甄誠，解赴常州張招討軍前施行。張招討就將徐方、甄誠碎剮於市，方貌首級，解赴京師。回將許多賞賜，來蘇州給散衆將。張招討移文申狀，請劉光世鎮守蘇州，却令宋先鋒沿便進兵，收捕賊寇。祇見探馬報道：『劉都督、耿參謀來守蘇州。』當日衆將都跟着宋先鋒迎接劉光世等官入城王府安下。參賀已了，宋江衆將，自來州治議事，使人去探沿海水軍頭領消息如何。却早報説，沿海諸處縣治，聽得蘇州已破，群賊各自逃散，海僻縣道，盡皆平静了。宋江大喜，申達文書到中軍報捷，請張招討曉諭舊官復職，另撥中軍統制，前去各處守禦安民，退回水軍頭領正偏將佐，來蘇州調用。數日之間，統制等官，各自分投去了。水軍頭領都回蘇州，訴説三阮打常熟，折了施恩；又去攻取崑山，折了孔亮；石秀、李應等盡皆回了；施恩、孔亮不識水性，一時落水，俱被淹死。宋江見又折了二將，心中大憂，嗟嘆不已。武松念起舊日恩義，也大哭了一場。

且説費保等四人來辭宋先鋒，要回去。宋江堅意相留，不肯，重賞了四人，再令李俊送費保等回榆柳莊去。李俊當時又和童威、童猛送費保等四人到榆柳莊上，費保等又治酒設席相款。飲酒中間，費保

宁海军宋江吊孝 涌金门张顺归神

起身與李俊把盞，説出幾句言語來，有分教：李俊離却中原之境，別立化外之基。正是：了身達命蟾離殼，立業成名魚化龍。畢竟費保與李俊説出甚言語來？且聽下回分解。

第一百一十四回　寧海軍宋江吊孝　涌金門張順歸神

話説當下費保對李俊道：『小弟雖是個愚鹵匹夫，曾聞聰明人道：「世事有成必有敗，爲人有興必有衰。」哥哥在梁山泊，勛業到今，已經數十餘載，更兼百戰百勝。去破遼國時，不曾損折了一個兄弟。今番收方臘，眼見挫動鋭氣，天數不久。爲何小弟不願爲官？爲因世情不好。有日太平之後，一個個必然來侵害你性命。自古道：「太平本是將軍定，不許將軍見太平。」此言極妙！今我四人，既已結義了，

起身與李俊把盞，說出幾句言語來。有分教：李俊離中原之境，卻立化外之基。正是：了身達命蟾離殼，立業成名魚化龍。畢竟費保與李俊說出甚言語來，且聽下回分解。

寧海軍宋江吊孝　涌金門張順歸神

第一百一十四回　寧海軍宋江吊孝　涌金門張順歸神

話說當下費保對李俊道：「小弟雖是個愚鹵匹夫，曾聞聰明人道：『世事有成必有敗，為人有興必有衰。』哥哥在梁山泊，勳業到今，已經數十餘載，更兼百戰百勝。去破遼國時，不曾損折了一個兄弟；今番收方臘，眼見挫動銳氣，天數不久。為何小弟不願為官？為因世情不好。有日太平之後，一個個必然來侵害你性命。自古道：『太平本是將軍定，不許將軍見太平。』此言極妙！今我四人，既已結義了，哥哥三人，何不趁此氣數未盡之時，尋個了身達命之處，對付些錢財，打了一隻大船，聚集幾人水手，江海内尋個净辦處安身，以終天年，豈不美哉！」李俊聽罷，倒地便拜，説道：「仁兄，重蒙教導，指引愚迷，十分全美。祇是方臘未曾剿得，宋公明恩義難抛，行此一步未得。今日便隨賢弟去了，全不見平生相聚的義氣。若是衆位肯姑待李俊，容待收伏方臘之後，李俊引兩個兄弟，徑來相投，萬望帶挈。是必賢弟們先準備下這條門路。若負今日之言，天實厭之，非爲男子也！」那四個道：「我等準備下船隻，專望哥哥到來，切不可負約！」李俊、費保結義飲酒都約定了，誓不負盟。

次日，李俊辭別了費保四人，自和童威、童猛回來參見宋先鋒，俱説費保等四人不願爲官，祇願打魚快活。宋江又嗟嘆了一回，傳令整點水陸軍兵起程。吴江縣已無賊寇，直取平望鎮，長驅而進，前望秀州而來。本州守將段愷聞知蘇州三大王方貌已死，祇思量收拾走路。使人探知大軍離城不遠，遥望水陸路上，旌旗蔽日，船馬相連，嚇得魂消膽喪。前隊大將關勝、秦明已到城下，便分調水軍船隻，圍住西門。段愷在城上叫道：「不須攻擊，準備納降。」隨即開放城門，段愷香花燈燭，牽羊擔酒，迎接宋先鋒入城，直到州治歇下。段愷爲首參見了，宋江撫慰段愷，復爲良臣，便出榜安民。段愷稱説：「愷等原是睦州良民，累被方臘殘害，不得已投順部下。今得天兵到此，安敢不降？」宋江備問：「杭州寧海軍城池，是甚人守據？有多少人馬良將？」段愷禀道：「杭州城郭闊遠，人烟稠密，東北旱路，南面大江，西面是湖，乃是方臘大太子南安王方天定守把，部下有七萬餘軍馬，二十四員戰將，四個元帥，共是二十八員。爲首兩個，最了得，一個是歙州僧人，名號寶光如來，俗姓鄧，法名元覺，使一條禪杖，乃是渾鐵打就的，可重五十餘斤，人皆稱爲國師。又一個，乃是福州人氏，姓石名寶，慣使一個流星錘，百發百中，又能使一口寶刀，名爲劈風刀，可以裁銅截鐵，遮莫三層鎧甲，如劈風一般過去。外有二十六員，都是遴選之將，亦皆悍勇。主帥切不可輕敵。」宋江聽罷，賞了段愷，便教去張招討軍前，説知備細。後來段愷就跟了張招討行軍，守把蘇州，却委副都督劉光世來秀州守禦，宋先鋒却移兵在李亭下寨。當與

諸將筵宴賞軍，商議調兵攻取杭州之策。祇見『小旋風』柴進起身道：『柴某自蒙兄長高唐州救命已來，一向累蒙仁兄顧愛，坐享榮華，不曾報得恩義。今願深入方臘賊巢，去做細作，或得一陣功勛，報效朝廷，也與兄長有光。未知尊意肯容否？』宋江大喜道：『若得大官人肯去直入賊巢，知得裏面溪山曲折，可以進兵，生擒賊首方臘，解上京師，方表微功，同享富貴。祇恐賢弟路程勞苦，去不得。』柴進道：『情願捨死一往，祇是得燕青爲伴同行最好。此人曉得諸路鄉談，更兼見機而作。』宋江道：『賢弟之言，無不依允。祇是燕青撥在盧先鋒部下，便可行文取來。』正商議未了，聞人報道：『盧先鋒特使燕青到來報捷。』宋江見報，大喜説道：『賢弟此行，必成大功矣！恰限燕青到來，也是吉兆。』柴進也喜。

燕青到寨中，上帳拜罷宋江，吃了酒食。問道：『賢弟水路來？旱路來？』燕青答道：『乘船到此。』宋江又問道：『戴宗回時，説道已進兵攻取湖州，其事如何？』燕青稟道：『自離宣州，盧先鋒分兵兩處：先鋒自引一半軍馬攻打湖州，殺死僞留守弓温並手下副將五員，收伏了湖州，殺散了賊兵，安撫了百姓，一面行文申覆張招討，撥統制守御，特令燕青來報捷。主將所分這一半人馬，叫林冲引領前去，攻取獨松關，都到杭州聚會。小弟來時，聽得説獨松關路上每日廝殺，取不得關，先鋒又同朱武去了，囑付委呼延灼將軍統領軍兵，守住湖州，待中軍招討調撥得統制到來，護境安民，才一面進兵，攻取德清縣，到杭州會合。』宋江又問道：『湖州守御取德清，並調去獨松關廝殺，兩處分的人將，你且説與我姓名，共是幾人去，並幾人跟呼延灼來。』燕青道：『有單在此。』分去獨松關殺取關，現有正偏將佐二十三員：先鋒盧俊義，朱武、林冲、董平、張清、解珍、解寶、吕方、郭盛、歐鵬、鄧飛、李忠、周通、鄒淵、鄒潤、孫新、顧大嫂、李立、白勝、湯隆、朱貴、朱富、時遷。現在湖州守御，即日進兵德清縣，現有正偏將佐一十九員：呼延灼、索超、穆弘、雷横、楊雄、劉唐、單廷珪、魏定國、陳達、楊春、薛永、杜遷、穆春、李雲、石勇、龔旺、丁得孫、張青、孫二娘。

『這兩處將佐，通計四十二員。小弟來時，那裏商議定了，目下

進兵。』宋江道：『既然如此，兩路進兵攻取最好。却才柴大官人，要和你去方臘賊巢裏面去做細作，你敢去麽？』燕青道：『主帥差遣，安敢不從？小弟願陪侍柴大官人去。』柴進甚喜，便道：『我扮做個白衣秀才，你扮做個僕者，一主一僕，背着琴劍書箱上路去，無人疑忌。直去海邊尋船，使過越州。却取小路去諸暨縣，就那裏穿過山路，取睦州不遠了。』商議已定，擇一日，柴進、燕青辭了宋先鋒，收拾琴劍書箱，自投海邊，尋船過去，不在話下。

且说軍師吴用再與宋江道：『杭州南半邊，有錢塘大江，通達海島。若得幾個人駕小船從海邊去進赭山門，到南門外江邊，放起號炮，竪立號旗，城中必慌。你水軍中頭領，誰人去走一遭？』说猶未了，張横、三阮道：『我們都去。』宋江道：『杭州西路，又靠着湖泊，亦要水軍用度，你等不可都去。』吴用道：『祇可叫張横同阮小七，駕船將引侯健、段景住去。』當時撥了四個人，引着三十餘個水手，將帶了十數個火炮號旗，自來海邊尋船，望錢塘江裏進發。

看官聽说，這回話都是散沙一般。先人書會留傳，一個個都要说到，祇是難做一時说，慢慢敷演關目，下來便見。看官祇牢記關目頭行，便知衷曲奥妙。

再说宋江分調兵將已了，回到秀州，計議進兵，攻取杭州，忽聽得東京有使命捧御酒賞賜到州。宋江引大小將校，迎接入城，謝恩已罷，作御酒供宴，管待天使。飲酒中間，天使又將出太醫院奏準，爲上皇乍感小疾，索取神醫安道全回京，駕前委用，降下聖旨，就令來取。宋江不敢阻當。次日，管待天使已了，就行起送安道全赴京。宋江等送出十里長亭餞行，安道全自同天使回京。有詩贊曰：

安子青囊藝最精，山東行散有聲名。
人誇脉得倉公妙，自負丹如薊子成。
刮骨立看金鏃出，解肌時見刃痕平。
梁山結義堅如石，此别難忘手足情。

再说宋江把頒降到賞賜，分表衆將，擇日祭旗起軍，辭别劉都督、耿参謀，上馬進兵，水陸並行，船騎同發。路至崇德縣，守將聞知，奔回杭州去了。

且说方臘太子方天定，聚集諸將在行宫議事。今時龍翔宫基址，乃是舊日行宫。方天定手下有四員大將。那四員：

寶光如來國師鄧元覺

南離大將軍元帥石寶

鎮國大將軍厲天閏

護國大將軍司行方

這四個皆稱元帥大將軍名號，是方臘加封。又有二十四員偏將。那二十四員：

厲天佑、吴值、趙毅、黄愛、晁中、湯逢士、王績、薛斗南、冷恭、張儉、元興、姚義、温克讓、茅迪、王仁、崔彧、廉明、徐白、張道原、鳳儀、張韜、蘇涇、米泉、貝應夔。

這二十四個，皆封爲將軍。共是二十八員，在方天定行宫，聚集計議。方天定说道：『即目宋江水陸並進，過江南來，平折了與他三個大郡。止有杭州，是南國之屏障。若有虧失，睦州焉能保守？前者司天太監浦文英，奏是「罡星侵入吴地，就裏爲禍不小」，正是這伙人了。今來犯吾境界，汝等諸官，各受重爵，務必赤心報國，休得怠慢。』衆將啓奏方天定道：『主上寬心！放着許多精兵良將，未曾與宋江對敵。目今雖是折陷了數處州郡，皆是不得其人，以致如此。今聞宋江、盧俊義分兵三路，來取杭州，殿下與國師謹守寧海軍城郭，作萬年基業。臣等衆將，各各分調迎敵。』太子方天定大喜，傳下令旨，也分三路軍馬，前去策應，祇留國師鄧元覺同保城池。分去那三元帥？乃是：

護國元帥司行方，引四員首將，救應德清：薛斗南、黄愛、徐白、米泉。

鎮國元帥厲天閏，引四員首將，救應獨松關：厲天佑張儉張韜姚義。

南離元帥石寶，引八員首將總軍，出郭迎敵大隊人馬：温克讓、趙毅、冷恭、王仁、張道原、吴值、廉明、鳳儀。

三員大將，分調三路，各引軍三萬。分撥人馬已定，各賜金帛，催促起身。元帥司行方引了一枝軍馬，救應德清州，望餘杭州進發。

且不说兩路軍馬策應去了。却说這宋先鋒大隊軍兵，迤邐前進，

來至臨平山，望見山頂一面紅旗，在那裏磨動。宋江當下差正將二員——花榮、秦明兩個，先來哨路，隨即催趲戰船車過長安壩來。花榮、秦明兩個，帶領了一千軍馬，轉過山嘴，早迎着南軍石寶軍馬。手下兩員首將當先，望見花榮、秦明，一齊出馬。一個是王仁，一個是鳳儀，各挺一條長槍，便奔將來。宋軍中花榮、秦明，便把軍馬擺開出戰。秦明手舞狼牙大棍，直取鳳儀，花榮挺槍來戰王仁，四馬相交，鬥過十合，不分勝敗。秦明、花榮觀見南軍后有接應，都喝一聲：『少歇！』各回馬還陣。花榮道：『且休戀戰，快去報哥哥來，別作商議。』後軍隨即飛報去中軍。宋江引朱仝、徐寧、黄信、孫立四將，直到陣前。南軍王仁、鳳儀，再出馬交鋒，大罵：『敗將敢再出來交戰！』秦明大怒，舞起狼牙棍，縱馬而出，和鳳儀再戰。王仁却搦花榮出戰。祇見徐寧一騎馬，便挺槍殺去。花榮與徐寧是一副一正——金槍手、銀槍手，花榮隨即也縱馬，便出在徐寧背後，拈弓取箭在手，不等徐寧、王仁交手，覷得較親，祇一箭，把王仁射下馬去，南軍盡皆失色。鳳儀見王仁被箭射下馬來，吃了一驚，措手不及，被秦明當頭一棍打着，攧下馬去，南兵漫散奔走。宋軍衝殺過去，石寶抵當不住，退回皋亭山來，直近東新橋下寨。當日天晚，策立不定，南兵且退入城去。次日，宋先鋒軍馬已過了皋亭山，直抵東新橋下寨，傳令教分調本部軍兵，作三路夾攻杭州。那三路軍兵將佐是誰？一路分撥步軍頭領正偏將，從湯鎮路去取東門，是：朱仝、史進、魯智深、武松、王英、扈三娘。一路分撥水軍頭領正偏將，從北新橋取古塘，截西路，打靠湖城門：李俊、張順、阮小二、阮小五、孟康。中路馬、步、水三軍，分作三隊進發，取北關門、艮山門。前隊正偏將是：關勝、花榮、秦明、徐寧、郝思文、凌振。第二隊總兵主將宋先鋒，軍師吴用，部領人馬。正偏將是：戴宗、李逵、石秀、黄信、孫立、樊瑞、鮑旭、項充、李衮、馬麟、裴宣、蔣敬、燕順、宋清、蔡福、蔡慶、郁保四。第三隊水路陸路助戰策應。正偏將是：李應、孔明、杜興、楊林、童威、童猛。

當日宋江分撥大小三軍已定，各自進發。

有話即長，無話即短。且说中路大隊軍兵前隊關勝，直哨到東新橋，不見一個南軍。關勝心疑，退回橋外，使人回覆宋先鋒。宋江聽了，

使戴宗傳令，分付道：『且未可輕進。每日輪兩個頭領出哨。』頭一日，是花榮、秦明，第二日徐寧、郝思文，一連哨了數日，又不見出戰。此日又該徐寧、郝思文，兩個帶了數十騎馬，直哨到北關門來，見城門大開着，兩個來到吊橋邊看時，城上一聲擂鼓響，城裏早撞出一彪軍馬來。徐寧、郝思文急回馬時，城西偏路喊聲又起，一百餘騎馬軍，衝在前面。徐寧并力死戰，殺出馬軍隊裏，回頭不見了郝思文。再回來看時，見數員將校，把郝思文活捉了入城去。徐寧急待回身，項上早中了一箭，帶着箭飛馬走時，六將背后趕來，路上正逢着關勝，救得回來，血暈倒了。六員南將，已被關勝殺退，自回城裏去了，慌忙報與宋先鋒知道。宋江急來看徐寧時，七竅流血。宋江垂泪，便唤隨軍醫士治療，拔去箭矢，用金藥敷貼。宋江且教扶下戰船内將息，自來看視。當夜三四次發昏，方知中了藥箭。宋江仰天嘆道：『神醫安道全已被取回京師，此間又無良醫可救，必損吾股肱也！』傷感不已。吴用來請宋江回寨，主議軍情，勿以兄弟之情，誤了國家重事。宋江使人送徐寧到秀州去養病，不想箭中藥毒，調治不痊。且説宋江又差人去軍中打聽郝思文消息，次日，祇見小軍來報道：『杭州北關門城上，把竹竿挑起郝思文頭來示衆。』方知道被方天定碎剮了，宋江見報，好生傷感。後半月徐寧已死，申文來報。宋江因折了二將，按兵不動，且守住大路。

却説李俊等引兵到北新橋住扎，分軍直到古塘深山去處探路，聽得飛報道：『折了郝思文，徐寧中箭而死。』李俊與張順商議道：『尋思我等這條路道，第一要緊，是去獨松關、湖州、德清二處衝要路口。抑且賊兵都在這裏出没，我們若當住他咽喉道路，被他兩面來夾攻，我等兵少，難以迎敵。不若一發殺入西山深處，却好屯扎。西湖水面好做我們戰場。山西後面，通接西溪，却又好做退步。』便使小校，報知先鋒，請取軍令。次後引兵直過桃源嶺西山深處，在今時靈隱寺屯駐。山北面西溪山口，亦扎小寨，在今時古塘深處。前軍却來唐家瓦出哨。當日張順對李俊説道：『南兵都已收入杭州城裏去了。我們在此屯兵，今經半月之久，不見出戰，祇在山裏，幾時能够獲功。小弟今欲從湖裏没水過去，從水門中暗入城去，放火爲號。哥哥便可進

兵取他水門，就報與主將先鋒，教三路一齊打城。』李俊道：『此計雖好，恐兄弟獨力難成。』張順道：『便把這命報答先鋒哥哥許多年好情分，也不多了。』李俊道：『兄弟且慢去，待我先報與哥哥，整點人馬策應。』張順道：『我這裏一面行事，哥哥一面使人去報。比及兄弟到得城裏，先鋒哥哥已自知了。』當晚張順身邊藏了一把蓼葉尖刀，飽吃了一頓酒食，來到西湖岸邊，看見那三面青山，一湖綠水，遠望城廓，四座禁門，臨着湖岸。那四座門：錢塘門、涌金門、清波門、錢湖門。看官聽说，原來這杭州舊宋以前，喚做清河鎮。錢王手裏，改爲杭州寧海軍，設立十座城門：東有菜市門、薦橋門；南有候潮門、嘉會門；西有錢湖門、清波門、涌金門、錢塘門；北有北關門、艮山門。高宗車駕南渡之後，建都於此，喚做花花臨安府，又添了三座城門。目今方臘占據時，還是錢王舊都。城子方圓八十里，雖不比南渡以後，安排得十分的富貴，從來江山秀麗，人物奢華，所以相傳道：『上有天堂，下有蘇杭。』怎見得：

江浙昔時都會，錢塘自古繁華。休言城内風光，且说西湖景物：

有一萬頃碧澄澄掩映琉璃，列三千面青娜娜参差翡翠。春風湖上，艷桃濃李如描；夏日池中，綠蓋紅蓮似畫。秋雲涵如，看南國嫩菊堆金，冬雪紛飛，觀北嶺寒梅破玉。九里松青烟細細，六橋水碧響泠泠。曉霞連映三天竺，暮雲深鎖二高峰。風生在猿呼洞口，雨飛來龍井山頭。三賢堂畔，一條鰲背侵天，四聖觀前，百丈祥雲繚繞。蘇公堤東坡古迹，孤山路和靖舊居。訪友客投靈隱去，簪花人逐净慈來。平昔祇聞三島遠，豈知湖上勝蓬萊？

蘇東坡學士有詩道：

湖光瀲灧晴偏好，山色空蒙雨亦奇。
若把西湖比西子，淡妝濃抹也相宜。

又有古詞名浣溪沙爲證：

湖上朱橋響畫輪，溶溶春水浸春雲，碧琉璃滑净無塵。當路游絲迎醉客，入花黄鳥喚行人，日斜歸去奈何春！

這西湖，故宋時果是景致無比，说之不盡。張順來到西陵橋上，看了半晌。時當春暖，西湖水色拖藍，四面山光叠翠。張順看了道：

『我身生在潯陽江上，大風巨浪，經了萬千，何曾見這一湖好水，便死在這裏，也做個快活鬼！』説罷，脱下布衫，放在橋下，頭上挽着個穿心紅的髻兒，下面腰生絹水裙，系一條搭膊，挂一口尖刀，赤着脚，鑽下湖裏去，却從水底下摸將過湖來。此時已是初更天氣，月色微明，張順摸近涌金門邊，探起頭來，在水面上聽時，城上更鼓，却打一更四點。城外静悄悄地，没一個人。城上女邊，有四五個人在那裏探望。張順再伏在水裏去了，又等半回，再探起頭來看時，女邊悄不見一個人。張順摸到水口邊看時，一帶都是鐵窗櫺隔着。摸裏面時，都是水護定，子上有繩索，索上縛着一串銅鈴。張順見窗櫺牢固，不能够入城，舒隻手入去，扯那水時，牽得索子上鈴響，城上人早發起喊來。張順從水底下，再鑽入湖裏伏了。聽得城上人馬下來，看那水時，又不見有人，都在城上説道：『鈴子響得蹺蹊，莫不是個大魚，順水游來，撞動水。』衆軍漢看了一回，並不見一物，又各自去睡了。張順再聽時，城樓上已打三更，打了好一回更點，想必軍人各自去東倒西歪睡熟了。張順再鑽向城邊去，料是水裏入不得城。爬上岸來看時，那城上不見一個人在上面，便欲要爬上城去，且又尋思道：『倘或城上有人，却不乾折了性命，我且試探一試探。』摸些土塊，擲上城去。有不曾睡的軍士，叫將起來，再下來看水門時，又没動静。再上城來敵樓上看湖面上時，又没一隻船隻。原來西湖上船隻，已奉方天定令旨，都收入清波門外和净慈港内，别門俱不許泊船。衆人道：『却是作怪？』口裏説道：『定是個鬼！我們各自睡去，休要睬他！』口裏雖説，却不去睡，盡伏在女邊。張順又聽了一更次不見動静，却鑽到城邊來聽，上面更鼓不響。張順不敢便上去，又把些土石抛擲上城去，又没動静。張順尋思道：『已是四更，將及天亮，不上城去，更待幾時？』却才爬到半城，衹聽得上面一聲梆子響，衆軍一齊起。張順從半城上跳下水池裏去，待要趁水没時，城上踏弩、硬弓、苦竹箭、鵝卵石，一齊都射打下來。可憐張順英雄，就涌金門外水池中身死。詩曰：

曾聞善戰死兵戎，善溺終然喪水中。
瓦罐不離井上破，勸君莫但逞英雄。

話分兩頭，却説宋江日間已接了李俊飛報，説張順没水入城，放

火爲號，便轉報與東門軍士去了。當夜宋江在帳中和吴用議事，到四更，覺道神思困倦，退了左右，在帳中伏几而卧。猛然一陣冷風，宋江起身看時，衹見燈燭無光，寒氣逼人。定睛看時，見一個似人非人，似鬼非鬼，立於冷氣之中。看那人時，渾身血污着，低低道：『小弟跟隨哥哥許多年，恩愛至厚。今以殺身報答，死於涌金門下槍箭之中，今特來辭别哥哥。』宋江道：『這個不是張順兄弟？』回過臉來這邊，又見三四個，都是鮮血滿身，看不仔細。宋江大哭一聲，驀然覺來，乃是南柯一夢。帳外左右，聽得哭聲，入來看時，宋江道：『怪哉！』叫請軍師圓夢。吴用道：『兄長却才困倦暫時，有何异夢？』宋江道：『適間冷氣過處，分明見張順一身血污，立在此間，告道：「小弟跟着哥哥許多年，蒙恩至厚。今以殺身報答，死於涌金門下槍箭之中，特來辭别。」轉過臉來，這面又立着三四個帶血的人，看不分曉，就哭覺來。』吴用道：『早間李俊報説，張順要過湖裏去，越城放火爲號，莫不衹是兄長記心，却得這惡夢？』宋江道：『衹想張順是個精靈的人，必然死於無辜。』吴用道：『西湖到城邊，必是險隘，想端的送了性命。張順魂來，與兄長托夢。』宋江道：『若如此時，這三四個又是甚人？』和吴學究議論不定，坐而待旦，絶不見城中動静，心中越疑。看看午後，衹見李俊使人飛報將來説：『張順去涌金門越城，被箭射死於水中，現今西湖城上把竹竿挑起頭來，挂着號令。』宋江見報了，又哭的昏倒，吴用等衆將亦皆傷感。原來張順爲人甚好，深得弟兄情分。宋江道：『我喪了父母，也不如此傷悼，不由我連心透骨苦痛！』吴用及衆將勸道：『哥哥以國家大事爲念，休爲弟兄之情，自傷貴體。』宋江道：『我必須親自到湖邊，與他吊孝。』吴用諫道：『兄長不可親臨險地，若賊兵知得，必來攻擊。』宋江道：『我自有計較。』隨即點李逵、鮑旭、項充、李衮四個，引五百步軍去探路，宋江隨後帶了石秀、戴宗、樊瑞、馬麟，引五百軍士，暗暗地從西山小路裏去李俊寨裏。李俊等接着，請到靈隱寺中方丈内歇下。宋江又哭了一場，便請本寺僧人，就寺裏誦經，追薦張順。次日天晚，宋江叫小軍去湖邊揚一首白，上寫道：『亡弟正將張順之魂。』插於水邊。西陵橋上，排下許多祭物，却分付李逵道：『如此如此。』埋伏在北山路口，樊瑞、馬麟、石秀左右埋伏，

戴宗隨在身邊。祇等天色相近一更時分，宋江挂了白袍，金盔上蓋着一層孝絹，同戴宗並五七個僧人，却從小行山轉到西陵橋上。軍校已都列下黑猪、白羊、金銀祭物，點起燈燭熒煌，焚起香來。宋江在當中證盟，朝着涌金門下哭奠，戴宗立在側邊。先是僧人摇鈴誦咒，攝招呼名，祝贊張魂魄，降墜神。次後戴宗宣讀祭文，宋江親自把酒澆奠，仰天望東而哭。正哭之間，祇聽得橋下兩邊，一聲喊起，南北兩山，一齊鼓響，兩彪軍馬來拿宋江。正是：祇因恩義如天大，惹起兵戈卷地來。畢竟宋江、戴宗怎地迎敵？且聽下回分解。

第一百一十五回　張順魂捉方天定　宋江智取寧海軍

話説宋江和戴宗正在西陵橋上祭奠張順，已有人報知方天定，差下十員首將，分作兩路，來拿宋江，殺出城來。南山五將，是吴值、趙毅、晁中、元興、蘇涇；北山路也差五員首將，是温克讓、崔彧、廉明、茅迪、湯逢士。南北兩路，共十員首將，各引三千人馬，半夜前後開門，兩頭軍兵一齊殺出來。宋江正和戴宗奠酒化紙，祇聽得橋下喊聲大舉。左有樊瑞、馬麟，右有石秀，各引五千人埋伏，聽得前路火起，一齊也舉起火來，兩路分開，趕殺南北兩山軍馬。南兵見有準備，急回舊路。兩邊宋兵追趕。温克讓引着四將，急回過河去時，不提防保叔塔山背後，撞出阮小二、阮小五、孟康，引五千軍殺出來，正截斷了歸路，活捉了茅迪，亂槍戳死湯逢士。南山吴值也引着四將，迎着宋兵追趕，急退回來，不提防定香橋正撞着李逵、鮑旭、項充、李衮，引五百步隊軍殺出來。那兩個牌手，直搶入懷裏來，手舞蠻牌，飛刀出鞘，早剁倒元興，鮑旭刀砍死蘇涇，李逵斧劈死趙毅，軍兵大半殺下湖裏去了，都被淹死。投到城裏救軍出來時，宋江軍馬已都入山裏去了，都到靈隱寺取齊，各自請功受賞。兩路奪得好馬五百餘匹。宋江分付留下石秀、樊瑞、馬麟，相幫李俊等同管西湖山寨，準備攻城。宋江祇帶了戴宗、李逵等回皋亭山寨中。吴用等接入中軍帳坐下，宋江對軍師説道：「我如此行計，也得他四將之首，活捉了茅迪，將來解赴張招討軍前，斬首施行。」

宋江在寨中，惟不知獨松關、德清二處消息，便差戴宗去探，急來回報。戴宗去了數日，回來寨中，參自先鋒，説知盧先鋒已過獨松

閘了，早晚便到此間。宋江聽了，憂喜相半，就問兵將如何。戴宗答道：『我都知那裏殺的備細，更有公文在此。先鋒請休煩惱。』宋江道：『莫非又損了我幾個弟兄？你休隱避我，與我實説情由。』戴宗道：『盧先鋒自從去取獨松關，那關兩邊，都是高山，衹中間一條路。山上蓋着關所，關邊有一株大樹，可高數十餘丈，望得諸處皆見。下面盡是叢叢雜雜松樹。關上守把三員賊將，爲首的唤做吴升，第二個是蔣印，第三個是衛亨。初時連日下關，和林冲廝殺，被林衝蛇矛戳傷蔣印。吴升不敢下關，衹在關上守護，次後厲天閏又引四將到關救應，乃是厲天佑、張儉、張韜、姚義四將。次日下關來廝殺，賊兵内厲天佑首先出馬，和吕方相持，約鬥五六十合，被吕方一戟刺死厲天佑，賊兵上關去了，並不下來。連日在關下等了數日，盧先鋒爲見山嶺險峻，却差歐鵬、鄧飛、李忠、周通四個上山探路，不提防厲天閏要替兄弟復仇，引賊兵衝下關來，首先一刀，斬了周通。李忠帶傷走了。若是救應得遲時，都是休了的。救得三將回寨。次日，雙槍將董平焦躁要去復仇，勒馬在關下大罵賊將，不提防關上一火炮打下來，炮風正傷了董平左臂，回到寨裏，就使槍不得，把夾板綁了臂膊。次日定要去報仇，盧先鋒當住了不曾去。過了一夜，臂膊料好，不教盧先鋒知道，自和張清商議了，兩個不騎馬，先行上關來。關上走下厲天閏、張韜來交戰。董平要捉厲天閏，步行使槍，厲天閏也使長槍來迎，與董平鬥了十合。董平心裏衹要廝殺，争奈左手使槍不應，衹得退步。厲天閏趕下關來，張清便挺槍去搠厲天閏。厲天閏却閃去松樹背后，張清手中那條槍，却搠在松樹上。急要拔時，搠牢了，拽不脱，被厲天閏還一槍來，腹上正着，戳倒在地。董平見搠倒張清，急使雙槍去戰時，不提防張韜却在背后攔腰一刀，把董平剁做兩段。盧先鋒得知，急去救應，兵已上關去了，下面又無計可施。得了孫新、顧大嫂夫妻二人，扮了逃難百姓，去到深山裏，尋得一條小路，引着李立、湯隆、時遷、白勝四個，從小路過到關上，半夜裏却摸上關，放起火來。賊將見關上火起，知有宋兵已透過關，一齊棄了關隘便走。盧先鋒上關點兵將時，孫新、顧大嫂活捉得原守關將吴升，李立、湯隆活捉得原守關將蔣印，時遷、白勝活捉得原守關將衛亨。將此三人，都解赴張招討軍前去了。

收拾得董平、張清、周通三人尸骸，葬於關上。盧先鋒追過關四十五里，趕上賊兵，與厲天閏交戰，約鬥了三十餘合，被盧先鋒殺死厲天閏，止存張儉、張韜、姚義，引着敗殘軍馬，勉强迎敵，得便退回，衹在早晚便到。主帥不信，可看公文。』宋江看了公文，心中添悶，眼泪如泉。

吴用道：『既是盧先鋒得勝了，可調軍將去夾攻，南兵必敗，就行接應湖州呼延灼那路軍馬。』宋江應道：『言之極當！』便調李逵、鮑旭、項充、李衮，引三千步軍，從山路接將去。『黑旋風』引了軍兵，歡天喜地去了。且説宋江軍馬，攻打東門，正將朱仝等原撥五千馬步軍兵，從湯鎮路上村中，奔到菜市門外，攻取東門。那時東路沿江，都是人家村居道店，賽過城中，茫茫蕩蕩，田園地段。當時來到城邊，把軍馬排開，魯智深首先出陣，步行搦戰，提着鐵禪杖，直來城下大駡：『蠻撮鳥們出來，和你厮殺！』那城上見是個和尚挑戰，慌忙報入太子宫中來。當有寶光國師鄧元覺，聽的是個和尚勒戰，便起身奏太子道：『小僧聞梁山泊有這個和尚，名爲魯智深，慣使一條鐵禪杖，請殿下去東門城上，看小僧和他步鬥幾合。』方天定見説大喜，傳令旨，遂引八員猛將，同元帥石寶，都來菜市門城上，看國師迎敵。當下方天定和石寶在敵樓上坐定，八員戰將簇擁在兩邊，看寶光國師戰時，那寶光和尚怎生結束，但見：

穿一領烈火猩紅直裰，系一條虎勇打就圓縧，挂一串七寶瓔珞數珠，着一雙九環鹿皮僧鞋。襯裏是香綫金獸掩心，雙手使錚光渾鐵禪杖。

當時開城門，放吊橋，那寶光國師鄧元覺引五百刀手步軍，飛奔出來。魯智深見了道：『原來南軍也有這秃厮出來。灑家教那吃俺一百禪杖！』也不打話，掄起禪杖，便奔將來。寶光國師也使禪杖來迎。兩個一齊都使禪杖相並。但見：

魯智深忿怒，全無清净之心；鄧元覺生嗔，豈有慈悲之念。這個何曾尊佛道，衹於月黑殺人；那個不會看經文，惟要風高放火。這個向靈山會上，惱如來懶坐蓮臺；那個去善法堂前，勒揭諦使回金杵。一個盡世不修梁武懺，一個平生那識祖師禪。

這魯智深和寶光國師，鬥過五十餘合，不分勝敗。方天定在敵樓

上看了，與石寶道：『衹说梁山泊有個「花和尚」魯智深，不想原來如此了得，名不虛傳！鬥了這許多時，不曾折半點兒便宜與寶光和尚。』石寶答道：『小將也看得呆了，不曾見這一對敵手。』正说之間，衹聽得飛馬又報道：『北關門下，又有軍到城下。』石寶慌忙起身去了。且说城下宋軍中，行者武松見魯智深戰寶光不下，恐有疏失，心中焦躁，便舞起雙戒刀，飛出陣來，直取寶光。寶光見他兩個並一個，拖了禪杖，望城裏便走。武松奮勇直趕殺去，忽地城門裏突出一員猛將，乃是方天定手下貝應夔，便挺槍躍馬，接住武松廝殺。兩個正在吊橋上撞着，被武松閃個過，撇了手中戒刀，搶住他槍，衹一拽，連人和軍器拖下馬來，嗝察的一刀，把貝應夔剁下頭來。魯智深隨後接應了回來，方天定急叫拽起吊橋，收兵入城，這裏朱仝也叫引軍退十里下寨，使人去報捷宋先鋒知會。當日宋江引軍到北關門搦戰，石寶帶了流星錘上馬，手裏橫着劈風刀，開了城門，出來迎敵。宋軍陣上大刀關勝出馬，與石寶交戰。兩個鬥到二十餘合，石寶撥回馬便走，關勝急勒住馬，也回本陣。宋江問道：『緣何不去追趕？』關勝道：『石寶刀法，不在關勝之下，雖然回馬，必定有計。』吴用道：『段愷曾说，此人慣使流星錘，回馬詐輸，漏人深入重地。』宋江道：『若去追趕，定遭毒手。』且收軍回寨，一面差人去賞賜武松。

却说李逵等引着步軍，去接應盧先鋒，來到山路裏，正撞着張儉等敗軍，并力衝殺入去，亂軍中殺死姚義。有張儉、張韜二人，再奔回關上那條路去，正逢着盧先鋒，大殺一陣，便望深山小路而走。背後追趕得緊急，衹得棄了馬，奔走山下逃命。不期竹中鑽出兩個人來，各拿一把鋼叉，張儉、張韜措手不及，被兩個拿叉戳翻，直捉下山來。原來戳翻張儉、張韜的，是解珍、解寶。盧先鋒見拿二人到來，大喜，與李逵等合兵一處，會同衆將，同到皋亭山大寨中來，參見宋先鋒等，訴说折了董平、張清、周通一事，彼各傷感，諸將盡來參拜了宋江，合兵一處下寨。次日，教把張儉解赴蘇州張招討軍前，梟首示衆。將張韜就寨前割腹剜心，遥空祭奠董平、張清、周通了當。宋先鋒與吴用計議道：『啓請盧先鋒領本部人馬，去接應德清縣路上呼延灼等這支軍，同到此間，計合取城。』盧俊義得令，便點本部兵馬起程，取

路望奉口鎮進發。三軍路上，到得奉口，正迎着司行方敗殘軍兵回來。盧俊義接着，大殺一陣，司行方墜水而死，其餘各自逃散去了。呼延灼參見盧先鋒，合兵一處，回來皋亭山總寨，參見宋先鋒等，諸將會合計議。宋江見兩路軍馬都到了杭州，那宣州、湖州、獨松關等處，皆是張招討、從參謀自調統制前去各處護境安民，不在話下。宋江看呼延灼部內，不見了雷横、龔旺二人。呼延灼訴説：『雷横在德清縣南門外，和司行方交鋒，鬥到三十合，被司行方砍下馬去。龔旺因和黄愛交戰，趕過溪來，和人連馬，陷倒在溪裏，被南軍亂槍戳死。米泉却是索超一斧劈死。黄愛、徐白，衆將向前活捉在此。司行方趕逐在水裏淹死。薛斗南亂軍中逃難，不知去向。』宋江聽得又折了雷横、龔旺兩個兄弟，泪如雨下，對衆將道：『前日張順與我托夢時，見右邊立着三四個血污衣襟之人，在我面前現形，正是董平、張清、周通、雷横、龔旺這伙陰魂了。我若得了杭州寧海軍時，重重地請僧人設齋，做好事，追薦超度衆兄弟。』將黄愛、徐白解赴張招討軍前斬首，不在話下。

當日宋江叫殺牛宰馬，宴勞衆軍。次日，與吴用計議定了，分撥正偏將佐，攻打杭州。

副先鋒盧俊義，帶領正偏將一十二員，攻打候潮門：林冲、呼延灼、劉唐、解珍、解寶、單廷珪、魏定國、陳達、楊春、杜遷、李雲、石勇。花榮等正偏將一十四員，攻打艮山門：花榮、秦明、朱武、黄信、孫立、李忠、鄒淵、鄒潤、李立、白勝、湯隆、穆春、朱貴、朱富。穆弘等正偏將十一員，去西山寨内，幫助李俊等，攻打靠湖門：李俊、阮小二、阮小五、孟康、石秀、樊瑞、馬麟、穆弘、楊雄、薛永、丁得孫、孫新等正偏將八員，去東門寨幫助朱仝攻打菜市、薦橋等門：朱仝、史進、魯智深、武松、孫新、顧大嫂、張青、孫二娘東門寨内，取回偏將八員，兼同李應等，管領各寨探事，各處策應：李應、孔明、楊林、杜興、童威、童猛、王英、扈三娘。正先鋒使宋江帶領正偏將二十一員，攻打北關門大路：吴用、關勝、索超、戴宗、李逵、吕方、郭盛、歐鵬、鄧飛、燕順、凌振、鮑旭、項充、李衮、宋清、裴宣、蔣敬、蔡福、蔡慶、時遷、郁保四。

當下宋江調撥將佐，取四面城門。

宋江等部領大隊人馬，直近北關門城下勒戰。城上鼓響鑼鳴，大開城門，放下吊橋，石寶首先出馬來戰。宋軍陣上，急先鋒索超平生性急，揮起大斧，也不打話，飛奔出來，便鬥石寶。兩馬相交，二將猛戰，未及十合，石寶賣個破綻，回馬便走。索超追趕，關勝急叫休去時，索超臉上着一錘，打下馬去。鄧飛急去救時，石寶馬到，鄧飛措手不及，又被石寶一刀，砍做兩段。城中寶光國師，引了數員猛將，衝殺出來，宋兵大敗，望北而走。却得花榮、秦明等刺斜裏殺將來，衝退南軍，救得宋江回寨。石寶得勝，歡天喜地，回城中去了。

宋江等回到皋亭山大寨歇下，升帳而坐，又見折了索超、鄧飛二將，心中好生納悶。吴用諫道：『城中有此猛將，衹宜智取，不可對敵。』宋江道：『似此損兵折將，用何計可取？』吴用道：『先鋒計會各門了當，再引軍攻打北關門。城裏兵馬，必然出來迎敵，我却佯輸詐敗，誘引賊兵，遠離城郭，放炮爲號，各門一齊打城。但得一門軍馬進城，便放起火來應號，賊兵必然各不相顧，可獲大功。』宋江便喚戴宗傳令知會。次日，令關勝引些少軍馬，去北關門城下勒戰。城上鼓響，石寶引軍出城，和關勝交馬。戰不過十合，關勝急退。石寶軍兵趕來，凌振便放起炮來。號炮起時，各門都發起喊來，一齊攻城。

且説副先鋒盧俊義引着林冲等調兵攻打候潮門，軍馬來到城下，見城門不關，下着吊橋。劉唐要奪頭功，一騎馬，一把刀，直搶入城去。城上看見劉唐飛馬奔來，一斧砍斷繩索，墜下閘板，可憐悍勇劉唐，連馬和人同死於門下。原來杭州城子，乃錢王建都，制立三重門：關外一重閘板，中間兩扇鐵葉大門，裏面又是一層排柵門。劉唐搶到城門下，上面早放下閘板來。兩邊又有埋伏軍兵，劉唐如何不死！林冲、呼延灼見折了劉唐，領兵回營，報覆盧俊義。各門都入不去，衹得且退，使人飛報宋先鋒大寨知道。宋江聽得又折了劉唐，被候潮門閘死，痛哭道：『屈死了這個兄弟！自鄆城縣結義，跟着晁天王上梁山泊，受了許多年辛苦，不曾快樂。大小百十場出戰交鋒，出百死，得一生，未嘗折了鋭氣。誰想今日却死於此處！』軍師吴用道：『此非良法。這計不成，倒送了一個兄弟。且教各門退軍，别作道理。』宋江心焦，

急欲要報仇雪恨，嗟嘆不已。部下『黑旋風』便道：『哥哥放心，我明日和鮑旭、項充、李衮四人，好歹要拿石寶那！』宋江道：『那人英雄了得，你如何近傍得他？』李逵道：『我不信，我明日不捉得他，不來見哥哥面。』宋江道：『你祇小心在意，休覷得等閑。』『黑旋風』李逵回到自己帳房裏，篩下大碗酒、大盤肉，請鮑旭、項充、李衮來吃酒，説道：『我四個，從來做一路殺。今日我在先鋒哥哥面前，砍了大嘴，明日要捉石寶那，你二個不要心懶。』鮑旭道：『哥哥今日也教馬軍向前，明日也教馬軍向前，今晚我等約定了，來日務要齊心向前，捉石寶那。我們四個都爭口氣！』次日早晨，李逵等四人，吃得醉飽了，都拿軍器出寨，請先鋒哥哥看殺。宋江見四個都半醉，便道：『你四個兄弟，休把性命作戲！』李逵道：『哥哥，休小覷我們！』宋江道：『祇願你們應得口便好！』宋江上馬，帶同關勝、歐鵬、呂方、郭盛四個馬軍將佐，來到北關門下，擂鼓搖旗搦戰。李逵火雜雜地，掄着雙斧，立在馬前；鮑旭挺着板刀，睁着怪眼，祇待厮殺；項充、李衮各挽一面團牌，插着飛刀二十四把，挺鐵槍伏在兩側。祇見城上鼓響鑼鳴，石寶騎着一匹瓜黃馬，拿着劈風刀，引兩員首將，出城來迎敵，上首吴值，下首廉明。三員將却才出得城來，李逵是個不怕天地的人，大吼了一聲，四個直奔到石寶馬頭前來。石寶便把劈風刀去迎時，早來到懷裏。李逵一斧，砍斷馬脚，石寶便跳下來，望馬軍群裏躲了。鮑旭早把廉明一刀，砍下馬來。兩個牌手，早飛出刀來，空中似玉魚亂躍，銀葉交加。宋江把馬軍衝到城邊時，城上擂木、炮石，亂打下來。宋江怕有疏失，急令退軍，不想鮑旭早鑽入城門裏去了，宋江祇叫得苦。石寶却伏在城門裏面，看見鮑旭搶將入來，刺斜裏祇一刀，早把鮑旭砍做兩斷。項充、李衮急護得李逵回來。宋江軍馬，退還本寨，又見折了鮑旭，宋江越添愁悶，李逵也哭奔回寨裏來。吴用道：『此計亦非良策。雖是斬得他一將，却折了李逵的副手。』

正是衆人煩惱間，祇見解珍、解寶到寨來報事。宋江問其備細時，解珍禀道：『小弟和解寶，直哨到南門外二十餘里，地名範村，見江邊泊着一連有數十隻船，下去問時，原來是富陽縣袁評事解糧船。小弟欲要把他殺了，本人哭道：「我等皆是大宋良民，累被方臘不時科斂，

但有不從者，全家殺害。我等今得天兵到來剪除，祇指望再見太平之日，誰想又遭橫亡。」小弟見他説的情切，不忍殺他，又問他道：「你緣何却來此處？」他説：「爲近奉方天定令旨，行下各縣，要刷洗村坊，着科斂白糧五萬石。老漢爲頭，斂得五千石，先解來交納。今到此間，爲大軍圍城殺，不敢前去，屯泊在此。」小弟得了備細，特來報知主將。』吴用大喜道：『此乃天賜其便，這些糧船上定要立功。便請先鋒傳令，就是你兩個弟兄爲頭，帶將炮手凌振，並杜遷、李雲、石勇、鄒淵、鄒潤、李立、白勝、穆春、湯隆，王英、扈三娘，孫新、顧大嫂，張青、孫二娘三對夫妻，扮作艄公、艄婆，都不要言語，混雜在艄後，一攬進得城去，便放連珠炮爲號，我這裏自調兵來策應。』解珍、解寶喚袁評事上岸來，傳下宋先鋒言語道：『你等既宋國良民，可依此行計。事成之後，必有重賞。』此時不由袁評事不從，許多將校，已都下船。却把船上艄公人等，都祇留在船上雜用，却把艄公衣服脱來，與王英、孫新、張青穿了，裝扮做艄公。扈三娘、顧大嫂、孫二娘三人女將，扮做艄婆，小校人等都做摇船水手。軍器、衆將都埋藏在船艙裏，把那船一齊都放到江岸邊。此時各門圍哨的宋軍，也都不遠。袁評事上岸，解珍、解寶和那數個艄公跟着，直到城下叫門。城上得知，問了備細來情，報入太子宫中。方天定便差吴值開城門，直來江邊，點了船隻，回到城中，奏知方天定。方天定差下六員將，引一萬軍出城，攔住東北角上，着袁評事搬運糧米，入城交納。此時衆將人等，都雜在艄公、水手人内，混同搬糧運米入城，三個女將也隨入城裏去了。五千糧食，須臾之間，都搬運已了。六員首將却統引軍入城中。宋兵分投而來，復圍住城郭，離城三二里，列着陣勢。當夜二更時分，凌振取出九箱子母等炮，直去吴山頂上，放將起來；衆將各取火把，到處點着。城中不一時，鼎沸起來，正不知多少宋軍在城裏。方天定在宫中，聽了大驚，急急披挂上馬時，各門城上軍士，已都逃命去了。宋兵大振，各自争功奪城。

且説城西山内李俊等，得了將令，引軍殺到净慈港，奪得船隻，便從湖裏使將過來涌金門上岸。衆將分投去搶各處水門，李雲、石秀首先登城。就夜城中混戰，止存南門不圍，亡命敗軍都從那門下奔走。

却说方天定上得馬，四下裏尋不着一員將校，止有幾個步軍跟着，出南門奔走，忙忙似喪家之狗，急急如漏網之魚，走得到五雲山下，衹見江裏走起一個人來，口裏銜着一把刀，赤條條跳上岸來。方天定在馬上見來得凶，便打馬要走。可奈那匹馬作怪，百般打也不動，却似有人籠住嚼環的一般。那漢搶到馬前，把方天定扯下馬來，一刀便割了頭，却騎了方天定的馬，一手提了頭，一手執刀，奔回杭州城來。林冲、呼延灼領兵趕到六和塔時，恰好正迎着那漢。二將認得是船火兒張橫，吃了一驚。呼延灼便叫：『賢弟那裏來？』張橫也不應，一騎馬直跑入城裏去。此時宋先鋒軍馬大隊已都入城了，就在方天定宮中爲帥府，衆將校都守住行宫。望見張橫一騎馬跑將來，衆人皆吃一驚。張橫直到宋江面前，滚鞍下馬，把頭和刀，撇在地下，納頭拜了兩拜，便哭起來。宋江慌忙抱住張橫道：『兄弟，你從那裏來？阮小七又在何處？』張橫道：『我不是張橫。』宋江道：『你不是張橫，却是誰？』張橫道：『小弟是張順。因在涌金門外，被槍箭攢死，一點幽魂，不離水裏飄蕩，感得西湖震澤龍君，收做金華太保，留於水府龍宫爲神。

今日哥哥打破了城池，兄弟一魂纏住方天定，半夜裏隨出城去，見哥哥張橫在大江裏，來借哥哥身殻，飛奔上岸，跟在五雲山脚下，殺了這賊，徑奔來見哥哥。』说了，驀然倒地。宋江親自扶起，張橫睁開眼，看了宋江并衆將，刀劍如林，軍士叢滿，張橫道：『我莫不在黄泉見哥哥麽？』宋江哭道：『却才你與兄弟張順附體，殺了方天定這賊，你不曾死，我等都是陽人，你可精細着。』張橫道：『恁地说時，我的兄弟已死了！』宋江道：『張順因要從西湖水底下去水門，入城放火，不想至涌金門外越城，被人知覺，槍箭攢死在彼。』張橫聽了，大哭一聲：『兄弟！』驀然倒了。衆人看張橫時，四肢不舉，兩眼朦朧，七魄悠悠，三魂杳杳。正是：未從五道將軍去，定是無常二鬼催。

畢竟張橫悶倒，性命如何？且聽下回分解。

第一百一十六回　盧俊義分兵歙州道　宋公明大戰烏龍嶺

話说當下張橫聽得道沒了他兄弟張順，煩惱得昏暈了半晌，却救得蘇醒。宋江道：『且扶在帳房裏調治，却再問他海上事務。』宋江令裴宣、蔣敬寫録衆將功勞，辰巳時分，都在營前聚集。李俊、石秀生擒吴值，三員女將生擒張道原，林冲蛇矛戳死冷恭，解珍、解寶殺了崔彧，祇走了石寶、鄧元覺、王績、晁中、温克讓五人。宋江便出榜安撫百姓，賞勞三軍，把吴值、張道原解赴張招討軍前，斬首施行。獻糧袁評事申文保舉作富陽縣令，張招討處關領空頭官誥，不在話下。衆將都到城中歇下，左右報道：『阮小七從江裏上岸，入城來了。』宋江唤到帳前問時，说道：『小弟和張橫並侯健、段景住帶領水手，海邊覓得船隻，行至海鹽等處，指望便使入錢塘江來。不期風水不順，打出大洋裏去了。急使得回來，又被風打破了船，衆人都落在水裏。侯健、段景住不識水性，落下去淹死海中，衆多水手各自逃生四散去了。小弟赴水到海口，進得赭山門，被潮直漾到半墦山，赴水回來。却見張橫哥哥在五雲山江裏，本待要上岸來，又不知他在那地裏。昨夜望見城中火起，又聽得連珠炮響，想必是哥哥在杭州城厮殺，以此從江裏上岸來。不知張橫曾到岸也不曾？』宋江说張橫之事，與阮小七知道，令和他自己兩個哥哥相見了，依前管領水軍頭領船隻。宋江傳令，先調水軍頭領，去江裏收拾江船，伺候征進睦州。想起張順如此通靈顯聖，去涌金門外，靠西湖邊，建立廟宇，題名『金華太保』，宋江親去祭奠。後來收伏方臘，有功於朝，宋江回京，奏知此事，特奉聖旨，敕封爲『金華將軍』，廟食杭州。

再说宋江在行宫内，因思渡江以來，損折許多將佐，心中十分悲愴，却去净慈寺修設水陸道場七晝夜，判施斛食，濟拔沈冥，超度衆將，各設靈位享祭。做了好事已畢，將方天定宫中一應禁物，盡皆毁壞，所有金銀、寶貝、羅緞等項，分賞諸將軍校。杭州城百姓俱寧，設宴慶賞，當與軍師從長計議，調兵收復睦州。此時已是四月盡間，忽聞報道：『副都督劉光世並東京天使，都到杭州。』宋江當下引衆將出北關門迎接入城，就行宫開讀聖旨：『敕先鋒使宋江等收剿方臘，累建大功，敕賜皇封御酒三十五瓶，錦衣三十五領，賞賜正將。其餘偏

將，照名支給賞賜緞匹。』原來朝廷祇知公孫勝不曾渡江，收剿方臘，却不知折了許多頭領。宋江見了三十五員錦衣、御酒，驀然傷心，淚不能止。天使問時，宋江把折了衆將的話，對天使说知。天使道：『如此折將，朝廷怎知？下官回京，必當奏聞。』那時設宴款待天使，劉光世主席，其餘大小將佐，各依次序而坐。御賜酒宴，各各沾恩。現亡正偏將佐，留下錦衣、御酒賞賜，次日設位，遥空享祭。宋江將一瓶御酒、一領錦衣，去張順廟裏，呼名享祭。錦衣就穿泥神身上，其餘的都祇遥空焚化。天使住了幾日，送回京師。

不覺迅速光陰，早過了數十日。張招討差人賫文書來，催促先鋒進兵。宋江與吴用請盧俊義商議：『此去睦州，沿江直抵賊巢。此去歙州，却從昱嶺關小路而去。今從此處分兵征剿，不知賢弟兵取何處？』盧俊義道：『主兵遣將，聽從哥哥嚴令，安敢選擇？』宋江道：『雖然如此，試看天命。』作兩隊分定人數，寫成兩處鬮子，焚香祈禱，各鬮一處。宋江拈鬮得睦州，盧俊義拈鬮得歙州。宋江道：『方臘賊巢，正是清溪縣幫源洞中。賢弟取了歙州，可屯住軍馬，申文飛報知會，約日同攻清溪賊洞。』盧俊義便請宋公明酌量分調將佐軍校。

先鋒使宋江帶領正偏將佐三十六員，攻取睦州並烏龍嶺：軍師吴用，關勝、花榮、秦明、李應、戴宗、朱仝、李逵、魯智深、武松、解珍、解寶、吕方、郭盛、樊瑞、馬麟、燕順、宋清、項充、李衮、王英、扈三娘、凌振、杜興、蔡福、蔡慶、裴宣、蔣敬、郁保四。水軍頭領正偏將佐七員，部領船隻，隨軍征進睦州：李俊、阮小二、阮小五、阮小七、童猛、童威、孟康。副先鋒盧俊義管領正偏將佐二十八員，收取歙州並昱嶺關：軍師朱武、林冲、呼延灼、史進、楊雄、石秀、單廷珪、魏定國、孫立、黄信、歐鵬、杜遷、陳達、楊春、李忠、薛永、鄒淵、李立、李雲、鄒潤、湯隆、石勇、時遷、丁得孫、孫新、顧大嫂、張青、孫二娘。

當下盧先鋒部領正偏將校，共計二十九員，隨行軍兵三萬人馬，擇日辭了劉都督，别了宋江，引兵望杭州取山路，經過臨安縣，進發登程去了。却说宋江等整頓船隻軍馬，分撥正偏將校，選日祭旗出師，水陸並進，船騎相迎。此時杭州城内瘟疫盛行，已病倒六員將佐：是

張横、穆弘、孔明、朱貴、楊林、白勝。患體未痊，不能征進，就撥穆春、朱富看視病人，共是八員，寄留杭州。其餘衆將，盡隨宋江攻取睦州，共計三十七員，取路沿江望富陽縣進發。

且不説兩路軍馬起程，再説柴進同燕青，自秀州槜李亭別了宋先鋒，行至海鹽縣前，到海邊趁船，使過越州，迤邐來到諸暨縣，渡過漁浦，前到睦州界上。把關隘將校攔住，柴進告道：『某乃是中原一秀士，能知天文地理，善會陰陽，識得六甲風雲，辨别三光氣色，九流三教，無所不通，遥望江南有天子氣而來，何故閉塞賢路？』把關將校，聽得柴進言語不俗，便問姓名。柴進道：『某乃姓柯名引，一主一僕，投上國而來，别無他故。』守將見説，留住柴進，差人徑來睦州，報知右丞相祖士遠、參政沈壽、僉書桓逸、元帥譚高，四個跟前稟了。便使人接取柴進至睦州相見，各叙禮罷，柴進一段話，聳動那四個，更兼柴進一表非俗，那裏坦然不疑。右丞相祖士遠大喜，便叫僉書桓逸，引柴進去清溪大内朝覲。原來睦州、歙州，方臘都有行宫大殿，内却有五府六部總制在清溪縣幫源洞中。且説柴進、燕青跟隨桓逸，來到清溪帝都，先來參見左丞相婁敏中。柴進高談闊論，一片言語，婁敏中大喜，就留柴進在相府管待。看了柴進、燕青出言不俗，知書通禮，先自有八分歡喜。這婁敏中原是清溪縣教學的先生，雖有些文章，苦不甚高，被柴進這一段話，説得他大喜。過了一夜，次日早朝，等候方臘王子升殿，内列着侍御、嬪妃、彩女，外列九卿四相、文武兩班、殿前武士，金瓜長隨侍從。當有左丞相婁敏中出班啓奏：『中原是孔夫子之鄉。今有一賢士，姓柯名引，文武兼資，智勇足備，善識天文地理，能辨六甲風雲，貫通天地氣色，三教九流，諸子百家，無不通達，望天子氣而來，現在朝門外，伺候我主傳宣。』方臘道：『既有賢士到來，便令白衣朝見。』各門大使傳宣，引柴進到於殿下。拜舞起居，山呼萬歲已畢，宣入前。方臘看見柴進一表非俗，有龍子龍孫氣象，先有八分喜氣。方臘問道：『賢士所言，望天子氣而來，在於何處？柴進奏道：『臣柯引賤居中原，父母雙亡，隻身學業，傳先賢之秘訣，授祖師之玄文。近日夜觀乾象，見帝星明朗，正照東吴。因此不辭千里之勞，望氣而來。特至江南，又見一縷五色天子之氣，起自睦州。

寶使劈風刀相迎。兩個鬥到五十合，吕方力怯，郭盛見了，便持戟縱馬，前來夾攻，那石寶一口刀，戰兩枝戟，没半分漏洩。正鬥到至處，南邊寶光國師急鳴鑼收軍。原來見大江裏戰船乘着順風，都上灘來，却來傍岸。怕他兩處夾攻，因此鳴鑼收軍。吕方、郭盛纏住厮殺，那裏肯放。石寶又鬥了三五合，宋兵陣上，朱仝一騎馬、一條槍，又去夾攻。石寶戰不過三將，分開兵器便走。宋江鞭梢一指，直殺過富陽山嶺。石寶軍馬，於路屯扎不住，直到桐廬縣界內。宋江連夜進兵，過白蜂嶺下寨。當夜差遣解珍、解寶、燕順、王矮虎、一丈青取東路，李逵、項充、李袞、樊瑞、馬麟取西路，各帶一千步軍，去桐廬縣劫寨，江裏却教李俊、三阮、二童、孟康七人取水路進兵。且説解珍等引着軍兵殺到桐廬縣時，已是三更天氣。寶光國師正和石寶計議軍務，猛聽的一聲炮響，衆人上馬不迭。急看時，三路火起，諸將跟着石寶，祇顧逃命，那裏敢來迎敵。三路軍馬，横衝直撞殺將來。温克讓上得馬遲，便望小路而走，正撞着王矮虎、一丈青。他夫妻二人一發上，把温克讓横拖倒拽，活捉去了。李逵和項充、李袞、樊瑞、馬麟祇顧在縣裏殺人放火。宋江見報，催趲軍兵，拔寨都起，直到桐廬縣駐屯軍馬。王矮虎、一丈青獻温克讓請功。宋江教把温克讓解赴杭州張招討前斬首，不在話下。

次日，宋江調兵，水陸並進，直到烏龍嶺下，過嶺便是睦州。此時寶光國師引着衆將，都上嶺去把關隘，屯駐軍馬。那烏龍關隘，正靠長江，山峻水急，上立關防，下排戰艦。宋江軍馬近嶺下屯駐，扎了寨栅。步軍中差李逵、項充、李袞，引五百牌手，出哨探路。到得烏龍嶺下，上面擂木、炮石，打將下來，不能前進，無計可施，回報宋先鋒。宋江又差阮小二、孟康、童猛、童威四個，先掉一半戰船上灘。當下阮小二帶了兩個副將，引一千水軍，分作一百隻船上，摇旗擂鼓，唱着山歌，漸近烏龍嶺邊來。原來烏龍嶺下，那面靠山，却是方臘的水寨。那寨裏也屯着五百隻戰船，船上有五千來水軍。爲頭的四個水軍總管，名號浙江四龍。那四龍：

玉爪龍都總管成貴

錦鱗龍副總管翟源

衝波龍左副管喬正
戲珠龍右副管謝福

這四個總管，原是錢塘江裏艄公，投奔方臘，却受三品職事。當日阮小二等，乘駕船隻，從急流下水，摇上灘去。南軍水寨裏四個總管，已自知了，準備下五十連火排。原來這火排，祇是大松杉木穿成，排上都堆草把，草把内暗藏着硫黄、焰硝引火之物，把竹索編住，排在灘頭。這裏阮小二和孟康、童威、童猛四個，祇顧摇上灘去。那四個水軍總管在上面看見了，各打一面乾紅號旗，駕四隻快船，順水摇將下來。阮小二看見，喝令水手放箭，那四隻快船便回。阮小二便叫乘勢趕上灘去，四隻快船，傍灘住了，四個總管，却跳上岸，許多水手們也都走了。阮小二望見灘上水寨裏船廣，不敢上去，正在遲疑間，祇見烏龍嶺上把旗一招，金鼓齊鳴，火排一齊點着，望下灘順風衝將下來，背後大船一齊喊起，都是長槍、撓鈎，盡隨火排下來。童威、童猛見勢大難近，便把船傍岸，棄了船隻，爬過山邊，上了山，尋路回寨。阮小二和孟康，兀自在船上迎敵，火排連燒將來。阮小二急下水時，後船趕上，一撓搭住。阮小二心慌，怕吃他拿去受辱，扯出腰刀，自刎而亡。孟康見不是頭，急要下水時，火排上火炮齊發，一炮正打中孟康頭盔，透頂打做肉泥。四個水軍總管，却上火船，殺將下來。李俊和阮小五、阮小七都在後船，見前船失利，沿江岸殺來，祇得急忙轉船，便隨順水放下桐廬岸來。再说烏龍嶺上寶光國師並元帥石寶，見水軍總管得勝，乘勢引軍殺下嶺來。水深不能相趕，路遠不能相追，宋兵復退在桐廬駐扎，南兵也收軍上烏龍嶺去了。

宋江在桐廬扎駐寨栅，又見折了阮小二、孟康，在帳中煩惱，寢食俱廢，夢寐不安。吴用與衆將苦勸不得，阮小七、阮小五，挂孝已了，自來諫勸宋江道：『我哥哥今日爲國家大事，折了性命，也强似死在梁山泊，埋没了名目。先鋒主兵不須煩惱，且請理國家大事。我弟兄兩個，自去復仇。』宋江聽了，稍稍回颜。次日，仍復整點軍馬，再要進兵。吴用諫道：『兄長未可急性，且再尋思計策，度嶺未遲。』祇見解珍、解寶便道：『我弟兄兩個，原是獵户出身，巴山度嶺得慣，我兩個裝做此間獵户，爬上山去，放起一把火來，教那賊兵大驚，必

然棄了關去。」吴用道：「此計雖好，祇恐這山險峻，難以進步，倘或失脚，性命難保。」解珍、解寶便道：「我弟兄兩個，自登州越獄上梁山泊，托哥哥福蔭，做了許多年好漢，又受了國家誥命，穿了錦襖子，今日爲朝廷，便粉骨碎身，報答仁兄，也不爲多。」宋江道：「賢弟休说這凶話！祇願早早幹了大功回京，朝廷不肯虧負我們。你祇顧盡心竭力，與國家出力。」解珍、解寶便去拴束，穿了虎皮套襖，腰裏各跨一口快刀，提了鋼叉。兩個來辭了宋江，便取小路望烏龍嶺上來。此時才有一更天氣，路上撞着兩個伏路小軍。二人結果了兩個，到得嶺下時，已有二更。聽得嶺上寨内，更鼓分明，兩個不敢從大路走，攀藤攬葛，一步步爬上嶺來。是夜月光明朗，如同白日，兩個三停爬了二停之上，望見嶺上燈光閃閃。兩個伏在嶺門邊聽時，上面更鼓，已打四更。解珍暗暗地叫兄弟道：「夜又短，天色無多時了。我兩個上去罷。」兩個又攀援上去。正爬到岩壁崎嶇之處，懸崖險峻之中，兩個祇顧爬上去，手脚都不閑，却把搭膊拴住鋼叉，拖在背後，刮得竹藤亂響，山嶺上早吃人看見了。解珍正爬在山凹處，祇聽得上面叫聲：「着！」一撓鉤正搭住解珍頭髻。解珍急去腰裏拔得刀出來時，上面已把他提得脚懸了。解珍心慌，連忙一刀，砍斷撓鉤，却從空裏墜下來。可憐解珍做了半世好漢，從這百十丈高岩上，倒撞下來，死於非命。下面都是狼牙亂石，粉碎了身軀。解寶見哥哥顛將下去，急退步下嶺時，上頭早滾下大小石塊，並短弩弓箭，從竹藤裏射來。可憐解寶爲了一世獵户，做一塊兒射死在烏龍嶺邊，竹藤叢裏，兩個身死。

天明，嶺上差人下來，將解珍、解寶尸首，就風化在嶺上。探子聽得備細，報與宋先鋒知道，解珍、解寶已死在烏龍嶺。宋江聽得又折了解珍、解寶，哭得幾番昏暈，便唤關勝、花榮點兵取烏龍嶺關隘，與四個兄弟報仇。吴用諫道：「仁兄不可性急，已死者皆是天命。若要取關，不可造次。須用神機妙策，智取其關，方可調兵遣將。」宋江怒道：「誰想把我們弟兄手足，三停損了一停。不忍那賊們把我兄弟風化在嶺上，今夜必須提兵先去，奪尸首回來，俱棺椁埋葬。」吴用阻道：「賊兵將風化，誠恐有計，兄長未可造次。」宋江那裏肯聽軍師諫勸，隨即點起三千精兵，帶領關勝、花榮、吕方、郭盛四將，

連夜進兵，到烏龍嶺時，已是二更時分。小校報道：『前面風化起兩個人在那裏，敢是解珍、解寶的尸首。』宋江縱馬親自來看時，見兩株樹上，把竹竿挑起兩個尸首，樹上削去了一片皮，寫兩行大字在上，月黑不見分曉。宋江令討放炮火種，吹起燈來看時，上面寫道：『宋江早晚也號令在此處。』宋江看了大怒，却傳令人上樹去取尸首，衹見四下裏火把齊起，金鼓亂鳴，團團軍馬圍住。當前嶺上，早亂箭射來。江裏船内水軍，都紛紛上岸來。宋江見了，叫聲苦，不知高低。急退軍時，石寶當先截住去路，轉過側首，又是鄧元覺殺將下來。直使：規模有似馬陵道，光景渾如落鳳坡。畢竟宋江軍馬怎地脱身？且聽下回分解。

第一百一十七回　睦州城箭射鄧元覺　烏龍嶺神助宋公明

話説宋江因要救取解珍、解寶的屍，到於烏龍嶺下，正中了石寶計策。四下裏伏兵齊起，前有石寶軍馬，後有鄧元覺截住回路。石寶厲聲高叫：『宋江不下馬受降，更待何時？』關勝大怒，拍馬掄刀戰石寶。兩將交鋒未定，後面喊聲又起。腦背後却是四個水軍總管，一齊登岸，會同王績、晁中，從嶺上殺將下來。花榮急出，當住後隊，便和王績交戰。鬥無數合，花榮便走。王績、晁中乘勢趕來，被花榮手起，急放連珠二箭，射中二將，翻身落馬。衆軍吶聲喊，不敢向前，退後便走。四個水軍總管，見一連射死王績、晁中，不敢向前，因此花榮抵敵得住。刺斜裏又撞出兩陣軍來：一隊是指揮白欽，一隊是指揮景德。這里宋江陣中二將齊出，吕方便迎住白欽交戰，郭盛便與景德相持，四下裏分頭厮殺，敵對死戰。宋江正慌促間，衹聽得南軍後面，喊殺連天，衆軍奔走。原來却是李逵引兩個牌手——項充、李衮，一千步軍，從石寶馬軍後面殺來。鄧元覺引軍却待來救應時，背后撞過魯智深、武松，兩口戒刀，横剁直砍，渾鐵禪杖，一衝一戳，兩個

引一千步軍，直殺入來。隨後又是秦明、李應、朱仝、燕順、馬麟、樊瑞、一丈青、王矮虎，各帶馬軍步軍，捨死撞殺入來。四面宋兵，殺散石寶、鄧元覺軍馬，救得宋江等回桐廬縣去，石寶也自收兵上嶺去了。宋江在寨中稱謝衆將：『若非我兄弟相救，宋江已與解珍、解寶同爲泉下之鬼。』吴用道：『爲是兄長此去，不合愚意，惟恐有失，便遣衆將相援。』宋江稱謝不已。

且説烏龍嶺上石寶、鄧元覺兩個元帥，在寨中商議道：『即目宋江兵馬，退在桐廬縣駐扎，倘或被他私越小路，度過嶺後，睦州咫尺危矣。不若國師親往清溪大内，面見天子，奏請添調軍馬，守護這條嶺隘，可保長久。』鄧元覺道：『元帥之言極當，小僧便往。』鄧元覺隨即上馬，先來到睦州，見了右丞相祖士遠説：『宋江兵强人猛，勢不可當，軍馬席捲而來，誠恐有失。小僧特來奏請添兵遣將，保守關隘。』祖士遠聽了，便同鄧元覺上馬，離了睦州，一同到清溪縣幫源洞中，先見了左丞相婁敏中説過了，奏請添調軍馬。次日早朝，方臘升殿，左右二丞相，一同鄧元覺，朝見拜舞已畢，鄧元覺向前起居萬歲，便奏道：『臣僧元覺領着聖旨，與太子同守杭州。不想宋江軍馬，兵强將勇，席捲而來，勢難迎敵，致被袁評事引誘入城，以致失陷杭州，太子貪戰，出奔而亡。今來元覺與元帥石寶，退守烏龍嶺關隘，近日連斬宋江四將，聲勢頗振。即目宋江已進兵到桐廬駐扎，誠恐早晚賊人私越小路，透過關來，嶺隘難保。請陛下早選良將，添調精鋭軍馬，同保烏龍嶺關隘，以圖退賊，克復城池。』方臘道：『各處軍兵，已都調盡。近日又爲歙州昱嶺上關隘甚緊，又分去了數萬軍兵。止有御林軍馬，寡人要護御大内，如何四散調得開去？』鄧元覺又奏道：『陛下不發救兵，臣僧無奈。若是宋兵度嶺之後，睦州焉能保守？』左丞相婁敏中出班奏曰：『這烏龍嶺關隘，亦是要緊去處。臣知御林軍兵，總有三萬，可分一萬，跟國師去保守關隘。乞我王聖鑒。』方臘不聽婁敏中之言，堅執不肯調撥御林軍馬，去救烏龍嶺。當日朝罷，衆人出内。婁丞相與衆官商議，祇教祖丞相睦州分一員將，撥五千軍，與國師去保烏龍嶺。因此，鄧元覺同祖士遠回睦州來，選了五千精鋭軍馬，首將一員夏侯成，回到烏龍嶺寨内，與石寶説知此事。石寶道：『既

是朝廷不撥御林軍馬，我等且守住關隘，不可出戰。着四個水軍總管，牢守灘頭江岸邊，但有船來，便去殺退，不可進兵。』

且不說寶光國師同石寶、白欽、景德、夏侯成五個守住烏龍嶺關隘。

却說宋江自折了將佐，衹在桐廬縣駐扎，按兵不動。一住二十餘日，不出交戰，忽有探馬報道：『朝廷又差童樞密賫賞賜，已到杭州。聽知分兵兩路，童樞密轉差大將王禀，分賫賞賜，投昱嶺關盧先鋒軍前去了。童樞密即目便到，親賫賞賜。』宋江見報，便與吴用衆將，都離縣二十里迎接。來到縣治裏，開讀聖旨，便將賞賜分給衆將。宋江等參拜童樞密，隨即設宴管待。童樞密問道：『征進之間，多聽得損折將佐。』宋江垂泪稟道：『往年跟隨趙樞相，北征遼虜，兵將全勝，端的不曾折了一個將校。自從奉敕來征方臘，未離京師，首先去了公孫勝，駕前又留下了數人，進兵渡得江來，但到一處，必折損數人。近又有八九個將佐，病倒在杭州，存亡未保。前面烏龍嶺厮殺二次，又折了幾將。蓋因山險水急，難以對陣，急切不能打透關隘。正在憂惶之際，幸得恩相到此。』童樞密道：『今上天子，多知先鋒建立大功，後聞損折將佐，特差下官引大將王禀、趙譚，前來助陣。已使王禀賫賞往盧先鋒處，分表給散衆將去了。』隨喚趙譚與宋江等相見，俱於桐廬縣駐扎，飲宴管待已了。

次日，童樞密整點軍馬，欲要去打烏龍嶺關隘。吴用諫道：『恩相未可輕動。且差燕順、馬麟去溪僻小徑去處，尋覓當村土居百姓，問其向道，別求小路，度得關那邊去。兩面夾攻，彼此不能相顧，此關唾手可得。』宋江道：『此言極妙。』隨即差遣馬麟、燕順，引數十個軍健，去村落中，尋訪百姓問路。去了一日，至晚，引將一個老兒來見宋江。宋江問道：『這老者是甚人？』馬麟道：『這老的是本處土居人户，都知這裏路徑溪山。』宋江道：『老者，你可指引我一條路徑，過烏龍嶺去，我自重重賞你。』老兒告道：『老漢祖居是此間百姓，累被方臘殘害，無處逃躲，幸得天兵到此，萬民有福，再見太平。老漢指引一條小路：過烏龍嶺去，便是東管，取睦州不遠，便到北門，却轉過西門，便是烏龍嶺。』宋江聽了大喜，隨即叫取銀物，賞了引路老兒，留在寨中，又着人與酒飯管待。次日，宋江請啓童樞

密守把桐廬縣，自領正偏將一十二員，取小路進發。那十二員，是花榮、秦明、魯智深、武松、戴宗、李逵、樊瑞、王英、扈三娘、項充、李衮、凌振。隨行馬步軍兵一萬人數，跟着引路老兒便行。馬摘鑾鈴，軍士銜枚疾走。至小牛嶺，已有一伙軍兵攔路。宋江便叫李逵、項充、李衮衝殺入去，約有三五百守路賊兵，都被李逵等殺盡。四更前後，已到東管。本處守把將伍應星，聽得宋兵已透過東管，思量部下衹有二千人馬，如何迎敵得，當時一哄都走了。徑回睦州，報與祖丞相等知道：『今被宋江軍兵，私越小路，已透過烏龍嶺這邊，盡到東管來了。』祖士遠聽了大驚，急聚衆將商議。宋江已令炮手凌振放起連珠炮。烏龍嶺上寨中石寶等聽得大驚，急使指揮白欽引軍探時，見宋江旗號，遍天遍地，擺滿山林。急退回嶺上寨中，報與石寶等。石寶便道：『既然朝廷不發救兵，我等衹堅守關隘，不要去救。』鄧元覺便道：『元帥差矣！如今若不調兵救應睦州，也自由可。倘或内苑有失，我等亦不能保。你不去時，我自去救應睦州。』石寶苦勸不住。鄧元覺點了五千人馬，綽了禪杖，帶領夏侯成下嶺去了。

且说宋江引兵到了東管，且不去打睦州，先來取烏龍嶺關隘，却好正撞着鄧元覺。軍馬漸近，兩軍相迎，鄧元覺當先出馬挑戰。花榮看見，便向宋江耳邊低低道：『此人則除如此如此可獲。』宋江點頭道是，就囑付了秦明。兩將都會意了。秦明首先出馬，便和鄧元覺交戰。鬥到五六合，秦明回馬便走，衆軍各自東西四散。鄧元覺看見秦明輸了，倒撇了秦明，徑奔來捉宋江。原來花榮已準備了，護持着宋江，衹待鄧元覺來得較近，花榮滿滿地攀着弓，覷得親切，照面門上颼地一箭。弓開滿月，箭發流星，正中鄧元覺面門，墜下馬去，被衆軍殺死。一齊卷殺攏來，南兵大敗，夏侯成抵敵不住，便奔睦州去了，宋兵直殺到烏龍嶺上，擂木、炮石，打將下來，不能上去。宋兵却殺轉來，先打睦州。

且说祖丞相見首將夏侯成逃來報说：『宋兵已度過東管，殺了鄧國師，即日來打睦州。』祖士遠聽了，便差人同夏侯成去清溪大内，請婁丞相入朝啓奏：『現今宋兵已從小路透過到東管，前來攻打睦州甚急，乞我王早發軍兵救應，遲延必至失陷。』方臘聽了大驚，急宣

殿前太尉鄭彪，點與一萬五千御林軍馬，星夜去救睦州。鄭彪奏道：『臣領聖旨，乞請天師同行策應，可敵宋江。』方臘準奏，便宣靈應天師包道乙。當時宣詔天師，直至殿下面君。包道乙打了稽首。方臘傳旨道：『今被宋江兵馬，看看侵犯寡人地面，累次陷了城池兵將。即目宋兵俱到睦州，可望天師闡揚道法，護國救民，以保江山社稷。』包天師奏道：『主上寬心，貧道不才，憑胸中之學識，仗陛下之洪福，一掃宋江兵馬。』方臘大喜賜坐，設宴管待。包道乙飲罷，辭帝出朝。包天師便和鄭彪、夏侯成商議起軍。

原來這包道乙祖是金華山中人，幼年出家，學左道之法。向後跟了方臘，謀叛造反，但遇交鋒，必使妖法害人，有一口寶劍，號爲玄元混天劍，能飛百步取人。協助方臘，行不仁之事。因此尊爲靈應天師。那鄭彪原是婺州蘭溪縣都頭出身，自幼使得槍棒慣熟，遭際方臘，做到殿帥太尉。酷愛道法，禮拜包道乙爲師，學得他許多法術在身，但遇廝殺之處，必有雲氣相隨。因此，人呼爲鄭魔君。這夏侯成，亦是婺州山中人，原是獵户出身，慣使鋼叉，自來隨着祖丞相管領睦州。

當日三個在殿帥府中，商議起軍，門吏報道：『有司天太監浦文英來見。』天師問其來故，浦文英説道：『聞知天師與太尉將軍三位，提兵去和宋兵戰。文英夜觀乾象，南方將星，皆是無光，宋江等將星，尚有一半明朗者。天師此行雖好，祇恐不利。何不回奏主上，商量投拜爲上，且解一國之厄。』包天師聽了大怒，掣出玄元混天劍，把這浦文英一劍揮爲兩段，急動文書，申奏方臘去訖，不在話下。史官有詩曰：

王氣東南已漸消，猶憑左道用人妖。
文英既識真天命，何事捐生在僞朝？

當下便遣鄭彪爲先鋒，調前部軍馬出城前進。包天師爲中軍，夏侯成爲合後，軍馬進發，來救睦州。

且説宋江兵將，攻打睦州，未見次第，忽聞探馬報來，清溪救軍到了。宋江聽罷，便差王矮虎、一丈青兩個出哨迎敵。夫妻二人，帶領三千馬軍，投清溪路上來，正迎着鄭彪，首先出馬，便與王矮虎交戰。兩個更不打話，排開陣勢，交馬便鬥。才到八九合，祇見鄭彪口裏念

念有詞，喝聲道：『疾！』就頭盔頂上，流出一道黑氣來。黑氣之中，立着一個金甲天神，手持降魔寶杵，從半空裏打將下來。王矮虎看見，吃了一驚，手忙脚亂，失了槍法，被鄭魔君一槍，戳下馬去。一丈青看見戳了他丈夫落馬，急舞雙刀去救時，鄭彪便來交戰。略戰一合，鄭彪回馬便走。一丈青要報丈夫之仇，急趕將來。鄭魔君歇住鐵槍，舒手去身邊錦袋内，摸出一塊鍍金銅磚，扭回身，看着一丈青面門上祇一磚，打落下馬而死。可憐能戰佳人，到此一場春夢。那鄭魔君招轉軍馬，却趕宋兵。宋兵大敗，回見宋江，訴说王矮虎、一丈青都被鄭魔君戳打傷死，帶去軍兵，折其大半。宋江聽得又折了王矮虎、一丈青，心中大怒，急點起軍馬，引了李逵、項充、李袞，帶了五千人馬，前去迎敵。早見鄭魔君軍馬已到。宋江怒氣填胸，當先出馬，大喝鄭彪道：『逆賊怎敢殺吾二將！』鄭彪便提槍出馬，要戰宋江。李逵見了大怒，掣起兩把板斧，便飛奔出去，項充、李袞急舞蠻牌遮護，三個直衝殺入鄭彪懷裏去。那魔君回馬便走，三個直趕入南兵陣裏去。宋江恐折了李逵，急招起五千人馬，一齊掩殺，南兵四散奔走。宋江且叫鳴金收兵，兩個牌手當得李逵回來，祇見四下裏烏雲罩合，黑氣漫天，不分南北東西，白晝如夜。宋江軍馬，前無去路。但見：

陰雲四合，黑霧漫天。下一陣風雨滂沱，起數聲怒雷猛烈。山川震動，高低渾似天崩；溪澗顛狂，左右却如地陷。悲悲鬼哭，袞袞神號。定睛不見半分形，滿耳惟聞千樹響。

宋江軍兵，當被鄭魔君使妖法，黑暗了天地，迷失了方向。撞到一個去處，黑漫漫不見一物，本部軍兵，自亂起來。宋江仰天歎曰：「莫非吾當死於此地矣！」從巳時直至未牌，方才黑霧消散，微有些光亮，看見一週遭都是金甲大漢，團團圍住。宋江見了，驚倒在地，口中只稱：「乞賜早死！」不敢仰面，耳邊只聽得風雨之聲。手下眾軍將士，一個個都伏地受死，只等刀來砍殺。須臾，風雨過處，宋江卻見刀不砍來，有一人來攙宋江，口稱：「請起！」宋江抬頭仰臉看時，只見面前一個秀才來扶。看那人時，怎生打扮？但見：頭裏烏紗軟角唐巾，身穿白羅圓領涼衫，腰繫烏犀金鞓束帶，足穿四縫乾早朝靴。面如傅粉，脣若塗朱，堂堂七尺之軀，楚楚三旬之上。若非上界靈官，定是

九天進士。宋江見了失驚，起身敘禮，便問秀才高姓大名。那秀才答道：「小生姓邵名俊，土居於此。今特來報知義士，方十三氣數將盡，只在旬日可破。小生多曾與義士出力，今雖受困，救兵已至，義士知否？」宋江再問道：「先生，方十三氣數，何時可獲？」邵秀才把手一推，宋江忽然驚覺，乃是南柯一夢。醒來看時，面前一週遭大漢，卻原來都是松樹。宋江大叫軍將起來，尋路出去。此時雲收霧斂，天朗氣清，只聽得松樹外面，發喊將來。宋江便領起軍兵，從裏面殺出去時，早望見魯智深，武松一路殺來，正與鄭彪交手。那包天師在馬上，見武松使兩口戒刀，步行直取鄭彪，包道乙便向鞘中掣出那口玄元混天劍來，從空飛下，正砍中武松左臂，血暈倒了。卻得魯智深一條禪杖忿力打入去，救得武松時，已自左臂砍得伶仃將斷，卻奪得他那口混天劍。武松醒來，看見左臂已折，伶仃將斷，一發自把戒刀割斷了。宋江先叫軍校扶送回寨將息。魯智深卻殺入後陣去，正遇著夏侯成交戰。兩個鬥了數合，夏侯成敗走，魯智深一條禪杖直打入去，南軍四散。夏侯成便望山林中奔走。魯智深不捨，趕入深山裏去了。且說鄭魔君那廝，又引兵趕將來，宋軍陣內，李逵，項充，李袞三個見了，便舞起蠻牌，飛刀，標鎗，板斧，一齊衝殺入去。那鄭魔君迎敵不過，越嶺渡溪而走。三個不識路徑，只要立功，死命趕過溪去，緊追鄭彪。溪西岸邊，搶出三千軍來，截斷宋兵。項充急回時，早被岸邊兩將攔住。便叫李逵，李袞時，已過溪趕鄭彪去了。不想前面溪澗又深，李袞先一交跌翻在溪裏，被南軍亂箭射死。項充急鑽下岸來，又被繩索絆翻，卻待要掙扎，眾軍亂上，剁做肉泥。可憐李袞，項充到此，英雄怎使？只有李逵獨自一個，趕入深山裏去了。溪邊軍馬隨後襲將去，未經半里，背後喊聲振起，卻是花榮，秦明，樊瑞三將引軍來救，殺散南軍，趕入深山，救得李逵回來。只不見了魯智深。眾將齊來參見宋江，訴說追趕鄭魔君，過溪廝殺，折了項充，李袞，止救了李逵回來。宋江聽罷，痛哭不止。整點軍兵，折其一停，又不見了魯智深，武松已折了左臂。宋江正哭之間，探馬報道：「軍師吳用和關勝，李應，朱仝，燕順，馬麟，提一萬軍兵，從水路到來。」宋江迎見吳用等，便問來情。吳用答道：「童樞密自有隨行軍馬，並大將王稟，趙譚，都督劉光世又

有軍馬，已到烏龍嶺下。只留下呂方，郭盛，裴宣，蔣敬，蔡福，蔡慶，杜興，郁保四並水軍頭領李俊，阮小五，阮小七，童威，童猛等十三人，其餘都跟吳用到此策應。」宋江訴說：『折了將佐，武鬆已成了廢人，魯智深又不知去向，不由我不傷感。』吳用勸道：『兄長且宜開懷，即目正是擒捉方臘之時，祇以國家大事爲重，不可憂損貴體。』宋江指着許多鬆樹，説夢中之事，與軍師知道。吳用道：『既然有此靈驗之夢，莫非此處坊隅廟宇，有靈顯之神，故來護佑兄長。』宋江道：『軍師所見極當，就與足下進山尋訪。』吳用當與宋江信步行入山林。未及半箭之地，鬆樹林中，早見一所廟宇，金書牌額上寫『烏龍神廟』。宋江、吳用入廟上殿看時，吃了一驚，殿上塑的龍君聖像，正和夢中見者無异。宋江再拜懇謝道：『多蒙龍君神聖救護之恩，未能報謝，望乞靈神助威。若平復了方臘，敬當一力申奏朝廷，重建廟宇，加封聖號。』宋江、吳用拜罷下階，看那石碑時，神乃唐朝一進士，姓邵名俊，應舉不第，墜江而死，天帝憐其忠直，賜作龍神。本處人民祈風得風，祈雨得雨，以此建立廟宇，四時享祭。宋江看了，隨即叫取烏猪、白羊，祭祀已畢，出廟來再看備細，見周遭鬆樹顯化，可謂异事。直至如今，嚴州北門外，有烏龍大王廟，亦名萬鬆林。古迹尚存，有詩爲證：

忠心一點鬼神知，暗裏維持信有之。
欲識龍君真姓字，萬鬆林下讀殘碑。

且説宋江謝了龍君庇佑之恩，出廟上馬，回到中軍寨内，便與吳用商議打睦州之策。坐至半夜，宋江覺道神思困倦，伏幾而卧，祇聞一人報曰：『有邵秀才相訪。』宋江急忙起身，出帳迎接時，祇見邵龍君長揖宋江道：『昨日若非小生救護，義士已被包道乙作起邪法，鬆樹化人，擒獲足下矣。適間深感祭奠之禮，特來致謝，就行報知睦州來日可破，方十三旬日可擒。』宋江正待邀請入帳再問間，忽被風聲一攪，撒然覺來，又是一夢。宋江急請軍師圓夢，説知其事。吳用道：『既是龍君如此顯靈，來日便可進兵，攻打睦州。』宋江道：『言之極當。』至天明，傳下軍令，點起大隊人馬，攻取睦州，便差燕順、馬麟，守住烏龍嶺這條大路，却調關勝、花榮、秦明、朱仝四員正將，

當先進兵，來取睦州，便望北門攻打，却令凌振施放九厢子母等火炮，直打入城去。那火炮飛將起去，震的天崩地動，岳撼山摇，城中軍馬，驚得魂消魄喪，不殺自亂。且说包天師、鄭魔君後軍，已被魯智深殺散，追趕夏侯成，不知下落。那時已將軍馬退入城中屯駐，却和右丞相祖士遠、參政沈壽、僉書桓逸、元帥譚高、守將伍應星等商議；『宋兵已至，何以解救？』祖士遠道：『自古兵臨城下，將至濠邊，若不死戰，何以解之！打破城池，必被擒獲，事在危急，盡須向前！』當下鄭魔君引着譚高、伍應星，並牙將十數員，領精兵一萬，開放城門，與宋江對敵。宋江教把軍馬略退半箭之地，讓他軍馬出城擺列。那包天師拿着把交椅，坐在城頭上，祖丞相、沈參政並桓僉書，皆坐在敵樓上看。鄭魔君便挺躍槍馬出陣。宋江陣上大刀關勝，出馬舞刀，來戰鄭彪。二將交馬，鬥不數合，那鄭彪如何敵得關勝，衹辦得架隔遮攔，左右躲閃。這包道乙正在城頭上看了，便作妖法，口中念念有詞，喝聲道：『疾！』念着那助咒法，吹口氣去，鄭魔君頭上滚出一道黑氣，黑氣中間顯出一尊金甲神人，手提降魔杵，望空打將下來。南軍隊裏，蕩起昏鄧鄧黑雲來。宋江見了，便唤混世魔王樊瑞來看，急令作法，並自念天書上回風破暗的密咒秘訣。衹見關勝頭盔上，早捲起一道白雲，白雲之中，也顯出一尊神將，紅髮青臉，碧眼獠牙，騎一條烏龍，手執鐵錘，去戰鄭魔君頭上那尊金甲神人，下面兩軍吶喊。二將交鋒，戰無數合，衹見上面那騎烏龍的天將，戰退了金甲神人。下面關勝一刀，砍了鄭魔君於馬下。包道乙見宋軍中風起雷響，急待起身時，被凌振放起一個轟天炮，一個火彈子，正打中包天師，頭和身軀，擊得粉碎。南兵大敗，乘勢殺入睦州，朱仝把元帥譚高一槍，戳在馬下，李應飛刀殺死守將伍應星。睦州城下，見一火炮打中了包天師身軀，南軍都滚下城去了。宋江軍馬，已殺入城，衆將一發向前，生擒了祖丞相、沈參政、桓僉書，其餘牙將，不問姓名，俱被宋兵殺死。

宋江等入城，先把火燒了方臘行宫，所有金帛，就賞與了三軍衆將，便出榜文安撫了百姓。尚兀自點軍未了，探馬飛報將來：『西門烏龍嶺上，馬麟被白欽一標槍標下去，石寶趕上，復了一刀，把馬麟剁做兩段。燕順見了，便向前來戰時，又被石寶那廝，一流星錘打死。

石寶得勝，即目引軍乘勢殺來。』宋江聽得又折了燕順、馬麟，扼腕痛哭不盡。急差關勝、花榮、秦明、朱仝四員正將，迎敵石寶、白欽，就要取烏龍嶺關隘。不是這四員將來烏龍嶺廝殺，有分教：清溪縣裏，削平哨聚賊兵；幫源洞中，活捉草頭天子。直教宋江等名標青史千年在，功播清時萬古傳。畢竟宋江等怎地迎敵？且聽下回分解。

第一百一十八回　盧俊義大戰昱嶺關　宋公明智取清溪洞

話说當下關勝等四將，飛馬引軍，殺到烏龍嶺上，正接着石寶軍馬。關勝在馬上大喝：『賊將安敢殺吾弟兄！』石寶見是關勝，無心戀戰，便退上嶺去，指揮白欽，却來戰關勝。兩馬相交，軍器並舉，兩個鬥不到十合，烏龍嶺上急又鳴鑼收軍。關勝不趕，嶺上軍兵，自亂起來。原來石寶祇顧在嶺東廝殺，却不提防嶺西已被童樞密大驅人馬，殺上嶺來。宋軍中大將王稟，便和南兵指揮景德廝殺。兩個鬥了十合之上，王稟將景德斬於馬下。自此吕方、郭盛首先奔上山來奪嶺，未及到嶺邊，山頭上早飛下一塊大石頭，將郭盛和人連馬打死在嶺邊。這面嶺東關勝望見嶺上大亂，情知嶺西有宋兵上嶺了，急招衆將，一齊都殺上去。兩面夾攻，嶺上混戰。吕方却好迎着白欽，兩個交手廝殺。鬥不到三合，白欽一槍搠來，吕方閃個過，白欽那條槍從吕方肋下戳個空。吕方這枝戟，却被白欽撥個倒横。兩將在馬上，各施展不得，都棄了手中軍器，在馬上你我廝相揪住。原來正遇着山嶺險峻處，那馬如何立得脚牢，二將使得力猛，不想連人和馬都滚下嶺去。這兩將做一處顛死在那嶺

下。這邊關勝等衆將步行，都殺上嶺來，兩面盡是宋兵，已殺到嶺上。石寶看見兩邊全無去路，恐吃捉了受辱，便用劈風刀自刎而死。宋江衆將奪了烏龍嶺關隘，關勝急令人報知宋先鋒。江裏水寨中四個水軍總管，見烏龍嶺已失，睦州俱陷，都棄了船隻，逃過對江，被隔岸百姓，生擒得成貴、謝福，解送獻入睦州。走了翟源、喬正，不知去向。宋兵大隊，回到睦州。宋江得知，出城迎接。童樞密、劉都督入城屯駐，安營已了，出榜招撫軍民復業，南兵投降者勿知其數。宋江盡將倉廒糧米，給散百姓，各歸本鄉，復爲良民。將水軍總管成貴、謝福割腹取心，致祭兄弟阮小二、孟康，並在烏龍嶺亡過一應將佐，前後死魂，俱皆受享。再叫李俊等水軍將佐，管領了許多船隻，把獲到賊首僞官，解送張招討軍前去了。宋江又見折了吕方、郭盛，惆悵不已，按兵不動，等候盧先鋒兵馬，同取清溪。

且不說宋江在睦州屯駐，却說副先鋒盧俊義，自從杭州分兵之后，統領三萬人馬，本部下正偏將佐二十八員，引兵取山路，望杭州進發，經過臨安鎮錢王故都，道近昱嶺關前。守關把隘，却是方臘手下一員大將，綽號『小養由基』龐萬春，乃是江南方臘國中第一個會射弓箭的。帶領着兩員副將：一個唤做雷炯，一個唤做計稷。這兩個副將，都蹬的七八百斤勁弩，各會使一枝蒺藜骨朵，手下有五千人馬。三個守把住昱嶺關隘，聽知宋兵分撥副先鋒盧俊義引軍到來，已都準備下了對敵器械，祇待來軍相近。且說盧先鋒軍馬將次近昱嶺關前，當日先差史進、石秀、陳達、楊春、李忠、薛永六員將校，帶領三千步軍，前去出哨。當下史進等六將，都騎戰馬，其餘都是步軍，迤邐哨到關下，並不曾撞見一個軍馬。史進在馬上心疑，和衆將商議。說言未了，早已來到關前。看時，見關上竪着一面彩綉白旗，旗下立着那『小養由基』龐萬春，看了史進等大笑，罵道：『你這伙草賊，祇好在梁山泊裏住，掯勒宋朝招安誥命，如何敢來我這國土裏裝好漢！你也曾聞俺「小養由基」的名字麽？我聽得你這廝夥裏，有個甚麽「小李廣」花榮，着他出來，和我比箭。先教你看我神箭！』說言未了，颼的一箭，正中史進，顛下馬去。五將一齊急急向前，救得上馬便回。又見山頂上一聲鑼響，左右兩邊松樹林裏，一齊放箭。五員將顧不得史進，各人

下。這邊關勝等眾將步行,殺上嶺來,兩面盡是宋兵,已殺到嶺上。仁貴看見兩邊全無去路,恐吃捉了受辱,便用劍自刎而死。宋江眾將奪了烏龍嶺關隘,關勝急令人報知宋先鋒。江裏水寨中四個水軍總管,見烏龍嶺已失,睦州俱陷,都棄了船隻,逃過對江,被隔岸百姓,生擒得成貴、謝福,解送睦州。走了翟源、喬正,不知去向。宋兵大隊,回到睦州。宋江得知,出城迎接。童樞密、劉都督入城屯駐。安營已了,出榜招撫軍民復業,南兵投降者,勿知其數。宋江盡將倉廒糧米,給散百姓,各歸本鄉,復為良民。將水軍總管成貴、謝福割腹取心,致祭兄弟阮小二、孟康,並在烏龍嶺亡過一應將佐,前後死魂,俱皆受享。再叫李俊等水軍將佐,管領許多船隻,已進到[illegible],解來張招討軍前去了。宋江又見折了呂方、郭盛,惆悵不已,按兵不動,等候盧先鋒兵馬,同取清溪。

且不說宋江在睦州屯駐,卻說副先鋒盧俊義,自從杭州分兵之後,統領三萬人馬,本部下正偏將佐二十八員,引兵取山路,經過臨安縣進發,經過臨安鎮錢王故都,直近昱嶺關前。守關把隘,卻是方臘手下一員大將,綽號小養由基龐萬春,乃是江南方臘國中第一個會射弓箭的。帶領着兩員副將,一個喚做雷炯,一個喚做計稷。這兩個副將,都[illegible]的七八百斤勁弩,各會使一枝蒺藜骨朵,手下有五千人馬,三個守把住昱嶺關隘。聽知宋兵分撥副先鋒盧俊義引軍到來,已都準備下了對敵器械,祇等來軍相近。且說盧先鋒軍馬將次近昱嶺關前,當日先差史進、石秀、陳達、楊春、李忠、薛永六員將校,帶領三千步軍,前去出哨。當下史進等六將,都騎戰馬,其餘都是步軍,迤邐哨到關下,並不曾遇見一個軍馬。史進在馬上心疑,和眾將商議。說言未了,早已來到關前。看時,見關上豎着一面彩繡白旗,旗下立着那小養由基龐萬春,看了史進等大笑,罵道:「你這伙草賊,祇好在梁山泊裏住,掯勒宋朝招安誥命,如何敢來我這國土裏裝好漢!你也曾聞俺「小養由基」的名字麼?我聽得你這廝夥裏,有個甚麼「小李廣」花榮,着他出來和我比箭。先教你看我神箭!」說言未了,颼的一箭,正中史進,顛下馬去。五將一齊急急向前,救得上馬便回。又見山頂上一聲鑼響,左右兩邊松樹林裏,一齊放箭。五員將顧不得史進,各人逃命而走。轉得過山嘴，對面兩邊山坡上，一邊是雷炯，一邊是計稷，那弩箭如雨一般射將來，縱是有十分英雄，也躲不得這般的箭矢。可憐水滸六員將佐，都作南柯一夢。史進、石秀等六人，不曾透一個出來，做一堆兒都被射死在關下。三千步卒，止剩得百餘個小軍，逃得回來，見盧先鋒説知此事。盧先鋒聽了大驚，如痴似醉，呆了半晌。神機軍師朱武爲陳達、楊春垂泪已畢，諫道：『先鋒且勿煩惱，有誤大事，可以别商量一個計策，去奪關斬將，報此仇恨。』盧俊義道：『宋公明兄長特分許多將校與我，今番不曾贏得一陣，首先倒折了六將，更兼三千軍卒，止有得百餘人回來，似此怎生到歙州相見？』朱武答道：『古人有云：「天時不如地利，地利不如人和。」我等皆是中原、山東、河北人氏，不曾慣演水戰，因此失了地利。須獲得本處鄉民，指引路徑，方才知得他此間山路曲折。』盧先鋒道：『軍師言之極當，差誰去緝探路徑好？』朱武道：『論我愚意，可差「鼓上蚤」時遷。他是個飛檐走壁的人，好去山中尋路。』盧俊義隨即教喚時遷，領了言語，捎帶了乾糧，跨口腰刀，離寨去了。

且説時遷便望深山去處，衹顧走尋路，去了半日，天色已晚，來到一個去處，遠遠地望見一點燈光明朗。時遷道：『燈光處必有人家。』趁黑地裏，摸到燈明之處看時，却是個小小庵堂，裏面透出燈光來。時遷來到庵前，便鑽入去看時，見裏面一個老和尚，在那裏坐地誦經。時遷便乃敲他房門，那老和尚唤一個小行者來開門。時遷進到裏面，便拜老和尚。那老僧便道：『客官休拜。現今萬馬千軍廝殺之地，你如何走得到這裏？』時遷應道：『實不敢瞞師父説，小人是梁山泊宋江的部下一個偏將時遷的便是。今來奉聖旨剿收方臘，誰想夜來被昱嶺關上守把賊將，亂箭射死了我六員首將，無計度關，特差時遷前來尋路，探聽有何小路過關。今從深山曠野，尋到此間，萬望師父指迷，有何小徑，私越過關，當以厚報。』那老僧道：『此間百姓，俱被方臘殘害，無一個不怨恨他。老僧亦靠此間當方百姓施主，齋糧養口。如今村裏的人民都逃散了，老僧没有去處，衹得在此守死。今日幸得天兵到此，萬民有福。將軍來收此賊，與民除害，老僧衹是不敢多口，恐防賊人知得。今既是天兵處差來的頭目，便多口也不妨。我這裏却

無路過得關去，直到西山嶺邊，却有一條小路，可過關上。祇怕近日也被賊人斷了，過去不得。」時遷道：「師父，既然有這條小路，通得關上，祇不知可到得賊寨裏麼？」老和尚道：「這條私路，一徑直到得龐萬春寨背後，下嶺去，便是過關的路了。祇恐賊人已把大石塊斷了，難得過去。」時遷道：「不妨！既有路徑，不怕他斷了，我自有措置。既然如此，小人回去報知主將，却來酬謝。」老和尚道：「將軍見外人時，休説貧僧多口。」時遷道：「小人是個精細的人，不敢説出老師父來。」

當日辭了老和尚，徑回到寨中，參見盧先鋒，説知此事。盧俊義聽了大喜，便請軍師，計議取關之策。朱武道：「若是有此路徑，覷此昱嶺關，唾手可得。再差一個人和時遷同去，幹此大事。」時遷道：「軍師要幹甚大事？」朱武道：「最要緊的是放火、放炮。你等身邊，將帶火炮、火刀、火石，直要去那寨背後，放起號炮火來，便是你幹大事了。」時遷道：「既然祇是要放火、放炮，別無他事，不須再用別人同去，祇兄弟自往便是。再差一個同去，也跟我做不得飛檐走壁的事，倒誤了時候。假如我去那裏行事，你這裏如何到得關邊？」朱武道：「這却容易，他那賊人的埋伏，也祇好使一遍。我如今不管他埋伏不埋伏，但是於路遇着樹木稠密去處，便放火燒將去，任他埋伏不妨。」時遷道：「軍師高見極明。」當下收拾了火刀、火石，並引火煤筒，脊梁上用包袱背着大炮，來辭盧先鋒便行。盧俊義叫時遷取錢二十兩、糧米一石，送與老和尚，就着一個軍校挑去。

當日午後，時遷引了這個軍校挑米，再尋舊路來到庵裏，見了老和尚，説道：「主將先鋒，多多拜覆，些小薄禮相送。」便把銀兩、米糧，都與了和尚。老僧收受了，時遷分付小軍自回寨去，却再來告覆老和尚：「望煩指引路徑，可着行者引小人去。」那老和尚道：「將軍少待，夜深可去，日間恐關上知覺。」當備晚飯待時遷。至夜，却令行者引路，「送將軍到於那邊。」便教行者即回，休教人知覺。當時小行者領着時遷，離了草庵，便望深山徑裏尋路，穿林透嶺，攬葛攀藤，行過數裏山徑野坡，月色微明，到一處山嶺險峻，石壁嵯峨，遠遠地望見開了個小路口。巔岩上盡把大石堆疊砌斷了，高高築成牆

壁。小行者道：『將軍，關已望見，石疊牆壁那邊便是。過得那石壁，亦有大路。』時遷道：『小行者，你自回去，我已知路途了。』小行者自回，時遷却把飛檐走壁、跳籬騙馬的本事出來，這些石壁，拈指爬過去了。望東去時，祇見林木之間，半天價都紅滿了。却是盧先鋒和朱武等拔寨都起，一路上放火燒着，望關上來。先使三五百軍人，於路上打並尸首，沿山巴嶺，放火開路，使其埋伏軍兵，無處藏躲。昱嶺關上『小養由基』龐萬春聞知宋兵放火燒林開路，龐萬春道：『這是他進兵之法，使吾伏兵不能施展。我等祇牢守此關，任汝何能得過？』望見宋兵漸近關下，帶了雷炯、計稷，都來關前守護。却说時遷一步步摸到關上，爬在一株大樹頂頭，伏在枝葉稠密處，看那龐萬春、雷炯、計稷，都將弓箭踏弩，伏在關前伺候，看見宋兵時，一派價把火燒將來。中間林冲、呼延灼立馬在關下，大罵：『賊將安敢抗拒天兵？』南兵龐萬春等却待要放箭射時，不提防時遷已在關上。那時遷悄悄地溜下樹來，轉到關後，見兩堆柴草，時遷便摸在裏面，取出火刀、火石，發出火種，把火炮擱在柴堆上，先把些硫黃、焰硝去燒那邊草堆，

卢俊义大战昱岭关.宋公明智取清溪洞.

又來點着這邊柴堆。卻才方點着火炮，拿那火種帶了，直爬上關屋脊上去點着。那兩邊柴草堆裏，一齊火起，火炮震天價響。關上衆將，不殺自亂，發起喊來，衆軍都衹顧走，那裏有心來迎敵。龐萬春和兩個副將急來關後救火時，時遷就在屋脊上又放起火炮來。那火炮震得關屋也動，嚇得南兵都棄了刀槍、弓箭、衣袍、鎧甲，盡望關後奔走。時遷在屋上大叫道：『已有一萬宋兵先過關了，汝等急早投降，免汝一死！』龐萬春聽了，驚得魂不附體，衹管跌脚。雷炯、計稷驚得麻木了，動彈不得。林冲、呼延灼首先上山，早趕到關頂，衆將都要争先，一齊趕過關去三十餘里，追着南兵。孫立生擒得雷炯，魏定國活拿了計稷，單單衹走了龐萬春。手下軍兵，擒捉了大半。宋兵已到關上，屯駐人馬。盧先鋒得了昱嶺關，厚賞了時遷，將雷炯、計稷，就關上割腹取心，享祭史進、石秀等六人，收拾尸骸，葬於關上，其餘尸首，盡皆燒化。次日，與同諸將，披挂上馬，一面行文申覆張招討，飛報得了昱嶺關，一面引軍前進，迤邐追趕過關，直到歙州城邊下寨。

原來歙州守御，乃是皇叔大王方垕，是方臘的親叔叔，與同兩員大將，官封文職，共守歙州。一個是尚書王寅，一個是侍郎高玉，統領十數員戰將，屯軍二萬之衆，守住歙州城郭。原來王尚書是本州山裏石匠出身，慣使一條鋼槍，坐下有一騎好馬，名唤轉山飛。那匹戰馬，登山渡水，如行平地。那高侍郎也是本州士人，故家子孫，會使一條鞭槍。因這兩個頗通文墨，方臘加封做文職官爵，管領兵權之事。當有『小養由基』龐萬春敗回到歙州，直至行宫，面奏皇叔，告道：『被土居人民透漏，誘引宋兵，私越小路過關。因此衆軍漫散，難以抵敵。』皇叔方垕聽了大怒，喝駡龐萬春道：『這昱嶺關是歙州第一處要緊的墻壁，今被宋兵已度關隘，早晚便到歙州，怎與他迎敵？』王尚書奏道：『主上且息雷霆之怒。自古道：「勝負兵家之常，非戰之罪。」今殿下權免龐將軍本罪，取了軍令必勝文狀，着他引軍，首先出戰迎敵，殺退宋兵。如或不勝，二罪俱並。』方垕然其言，撥與軍五千，跟龐萬春出城迎敵，得勝回奏。且説盧俊義度過昱嶺關之后，催兵直趕到歙州城下，當日與諸將上前攻打歙州。城門開處，龐萬春引軍出來交戰。兩軍各列成陣勢，龐萬春出到陣前勒戰。宋軍隊裏歐鵬出馬，使根鐵

槍便和龐萬春交戰。兩個鬥不過五合，龐萬春敗走，歐鵬要顯頭功，縱馬趕去。龐萬春扭過身軀，背射一箭。歐鵬手段高强，綽箭在手。原來歐鵬却不提防龐萬春能放連珠箭，歐鵬綽了一箭，祇顧放心去趕。弓弦響處，龐萬春又射第二隻箭來，歐鵬早着，墜下馬去。城上王尚書、高侍郎，見射中了歐鵬落馬，龐萬春得勝，引領城中軍馬，一發趕殺出來。宋軍大敗，退回三十里下寨，扎駐軍馬安營。整點兵將時，亂軍中又折了菜園子張青。孫二娘見丈夫死了，着令手下軍人，尋得尸首燒化，痛哭了一場。盧先鋒看了，心中納悶，思量不是良法，便和朱武計議道：『今日進兵，又折了二將，似此如之奈何？』朱武道：『輸贏勝負，兵家常事。今日賊兵見我等退回軍馬，自逞其能，衆賊計議，今晚乘勢，必來劫寨。我等可把軍馬衆將，分調開去，四下埋伏。中軍縛幾隻羊在彼，如此如此整頓。叫呼延灼引一支軍在左邊埋伏，林冲引一支軍在右邊埋伏，單廷珪、魏定國引一支軍在背後埋伏。其餘偏將，各於四散小路裏埋伏。夜間賊兵來時，祇看中軍火起爲號，四下裏各自捉人。』盧先鋒都發放已了，各各自去守備。且説南國王尚書、高侍郎兩個頗有些謀略，便與龐萬春等商議，上啓皇叔方道：『今日宋兵敗回，退去三十里裏屯駐，營寨空虛，軍馬必然疲倦，何不乘勢去劫寨柵，必獲全勝。』方垕道：『你衆官從長計議，可行便行。』高侍郎道：『我便和龐將軍引兵去劫寨，尚書與殿下，緊守城池。』當夜二將披挂上馬，引領軍兵前進，馬摘鑾鈴，軍士銜枚疾走，前到宋軍寨柵。看見營門不開，南兵不敢擅進。初時聽得更點分明，向後更鼓便打得亂了。高侍郎勒住馬道：『不可進去！』龐萬春道：『相公如何不進兵？』高侍郎答道：『聽他營裏更點不明，必然有計。』龐萬春道：『相公誤矣！今日兵敗膽寒，必然困倦。睡裏打更，有甚分曉，因此不明，相公何必見疑，祇顧殺去！』高侍郎道：『也見得是。』當下催軍劫寨，大刀闊斧，殺將進去。二將入得寨門，直到中軍，並不見一個軍將，却是柳樹上縛着數隻羊，羊蹄上拴着鼓槌打鼓，因此更點不明。兩將劫着空寨，心中自慌，急叫：『中計！』回身便走，中軍内却早火起，祇見山頭上炮響，又放起火來，四下裏伏兵亂起，齊殺將攏來。兩將衝開寨門奔走，正迎呼延灼，大喝：『賊將快下馬

受降，免汝一死！』高侍郎心慌，衹要脱身，無心戀戰，被呼延灼趕進去，手起雙鞭齊下，腦袋骨打碎了半個天靈。龐萬春死命撞透重圍，得脱性命。正走之間，不提防湯隆伏在路邊，被他一鐮槍拖倒馬脚，活捉了解來。衆將已都在山路裏趕殺南兵，至天明，都赴寨裏來。盧先鋒已先到中軍坐下，隨即下令，點本部將佐時，丁得孫在山路草中，被毒蛇咬了脚，毒氣入腹而死。將龐萬春割腹剜心，祭獻歐鵬並史進等，把首級解赴張招討軍前去了。

次日，盧先鋒與同諸將再進兵到歙州城下，見城門不關，城上並無旌旗，城樓上亦無軍士。單廷珪、魏定國兩個要奪頭功，引軍便殺入城去。後面中軍盧先鋒趕到時，衹叫得苦，那二將已到城門裏了。原來王尚書見折了劫寨人馬，衹詐做棄城而走，城門裏却掘下陷坑。二將是一夫之勇，却不提防，首先入來，不想連人和馬，都陷在坑裏。那陷坑兩邊，却埋伏着長槍手、弓箭軍士，一齊向前戳殺，兩將死於坑中。可憐聖水並神火，今日嗚呼葬土坑！盧先鋒又見折了二將，心中忿怒，急令差遣前部軍兵，各人兜土塊入城，一面填塞陷坑，一面鏖戰殺，殺倒南兵人馬，俱填於坑中。當下盧先鋒當前，躍馬殺入城中，正迎着皇叔方垕，交馬衹一合，盧俊義却忿心頭之火，展平生之威，衹一樸刀，剁方垕於馬下。城中軍馬開城西門，衝突而走。宋兵衆將，各各并力向前，剿捕南兵。

却説王尚書正走之間，撞着李雲，截住厮殺。王尚書便挺槍向前，李雲却是步門。那王尚書槍起馬到，早把李雲踏倒。石勇見衝翻了李雲，便衝突向前，急來救時，王尚書把條槍神出鬼没，石勇如何抵當得住？王尚書戰了數合，得便處把石勇一槍，結果了性命，當下身死。城裏却早趕出孫立、黄信、鄒淵、鄒潤四將，截住王尚書厮殺。那王寅奮勇力敵四將，並無懼怯。不想又撞出林冲趕到，這個又是個會厮殺的，那王寅便有三頭六臂，也敵不過五將。衆人齊上，亂戳殺王寅，可憐南國尚書將，今日方知志莫伸！當下五將取了首級，飛馬獻與盧先鋒。盧俊義已在歙州城内行宫歇下，平復了百姓，出榜安民，將軍馬屯駐在城裏，一面差人賫文報捷張招討，馳書轉達宋先鋒，知會進兵。却説宋江等兵將在睦州屯駐，等候軍齊，同攻賊洞。收得盧俊義書，報

平復了歙州，軍將已到城中屯駐，專候進兵，同取賊巢。又見折了史進、石秀、陳達、楊春、李忠、薛永、歐鵬、張青、丁得孫、單廷珪、魏定國、李雲、石勇一十三人，許多將佐，煩惱不已，痛哭哀傷。軍師吳用勸道：『生死人皆分定，主將何必自傷玉體？且請料理國家大事。』宋江道：『雖然如此，不由人不傷感！我想當初石碣天文所載一百八人，誰知到此，漸漸凋零，損吾手足。』吳用勸了宋江煩惱，然后回書與盧先鋒，交約日期，起兵攻取清溪縣。

且不説宋江回書與盧俊義，約日進兵，却説方臘在清溪幫源洞中大内設朝，與文武百官計議宋江用兵之事。衹聽見西州敗殘軍馬回來，報説歙州已陷，皇叔、尚書、侍郎俱已陣亡了。今宋兵作兩路而來，攻取清溪。方臘見報大驚，當下聚集兩班大臣商議，方臘道：『汝等衆卿，各受官爵，同占州郡城池，共享富貴。豈期今被宋江軍馬席捲而來，州城俱陷，止有清溪大内。今聞宋兵兩路而來，如何迎敵？』當有左丞相婁敏中出班啓奏道：『今次宋兵人馬，已近神州，内苑宫廷，亦難保守。奈緣兵微將寡，陛下若不御駕親征，誠恐兵將不肯盡心向前。』方臘道：『卿言極當！』隨即傳下聖旨：『命三省六部、御史臺官、樞密院、都督府護駕，二營金吾、龍虎，大小官僚，都跟隨寡人御駕親征，决此一戰。』婁丞相又奏：『差何將帥，可做前部先鋒？』方臘道：『着殿前金吾上將軍内外諸軍都招討皇侄方杰爲正先鋒，馬步親軍都太尉驃騎上將軍杜微爲副先鋒，部領幫源洞大内護駕御林軍一萬三千，戰將三千餘員前進。』原來這方杰是方臘的親侄兒，是歙州皇叔方垕長孫，聞知宋兵盧先鋒殺了他公公，要來報仇，他願爲前部先鋒。這方杰平生習學，慣使一枝方天畫戟，有萬夫不當之勇。那杜微原是歙州市中鐵匠，會打軍器，亦是方臘心腹之人，會使六口飛刀，衹是步鬥。方臘另行聖旨一道，差御林護駕都教師賀從龍，撥與御林軍一萬，總督兵馬，去敵歙州盧俊義軍馬。

不説方臘分調人馬，兩處迎敵，先説宋江大隊軍馬起程，水陸並進，離了睦州，望清溪縣而來。水軍頭領李俊等引領水軍船隻，撑駕從溪灘裏上去。且説吳用與宋江在馬上同行，並馬商議道：『此行去取清溪幫源，誠恐賊首方臘知覺逃竄，深山曠野，難以得獲，若要生擒方

臘，解赴京師，面見天子，必須裏應外合，認得本人，可以擒獲。亦要知方臘去向下落，不致被其走失。』宋江道：『是若如此，須用詐降，將計就計，方可得裏應外合。前者柴進與燕青去做細作，至今不見些消耗，今次着誰去好？須是會詐投降的。』吳用道：『若論愚意，衹除非教水軍頭領李俊等，就將船内糧米，去詐獻投降，教他那裏不疑。方臘那廝，是山僻小人，見了許多糧米、船隻，如何不收留了。』宋江道：『軍師高見極明。』便唤戴宗，隨即傳令，從水路直至李俊處，説知如此如此：『教你等衆將行計。』李俊等領了計策。戴宗自回中軍。

李俊却叫阮小五、阮小七扮做艄公，童威、童猛扮做隨行水手，乘駕六十隻糧船，船上都插着新换的獻糧旗號，却從大溪裏使將上去。將近清溪縣，衹見上水頭早有南國戰船迎將來，敵軍一齊放箭。李俊在船上叫道：『休要放箭，我有話説。俺等都是投拜的人，特將糧米獻納大國，接濟軍士，萬望收録。』對船上頭目，看見李俊等船上並無軍器，因此就不放箭，使人過船來，問了備細，看了船内糧米，便去報知婁丞相，禀説李俊獻糧投降。婁敏中聽了，叫唤投拜人上岸來。李俊登岸，見婁丞相，拜罷，婁敏中問道：『汝是宋江手下甚人？有何職役？今番爲甚來獻糧投拜？』李俊答道：『小人姓李名俊，原是潯陽江上好漢。就江州劫法場，救了宋江性命。他如今受了朝廷招安，得做了先鋒，便忘了我等前恩，累次窘辱小人。現今宋江雖然占得大國州郡，手下弟兄，漸次折得没了。他猶自不知進退，威逼小人等水軍向前。因此受辱不過，特將他糧米船隻，徑自私來獻納，投拜大國。』婁丞相見李俊説了這一席話，就便準信，便引李俊來大内朝見方臘，具説獻糧投拜一事。李俊見方臘再拜起居，奏説前事。方臘坦然不疑，且教李俊、阮小五、阮小七、童威、童猛衹在清溪管領水寨守船：『待寡人退了宋江軍馬還朝之時，别有賞賜。』李俊拜謝了，出内自去搬運糧米上岸，進倉交收，不在話下。

再説宋江與吴用分調軍馬，差關勝、花榮、秦明、朱仝四員正將爲前隊，引軍直進清溪縣界，正迎着南國皇侄方杰。兩下軍兵，各列陣勢。南軍陣上，方杰横戟出馬，杜微步行在後。那杜微横身挂甲，背藏飛刀五把，手中仗口七星寶劍，跟在後面。兩將出到陣前。宋江

陣上秦明，首先出馬，手舞狼牙大棍，直取方杰。那方杰年紀後生，精神一擻，那枝戟使得精熟，和秦明連鬥了三十餘合，不分勝敗。方杰見秦明手段高强，也放出自己平生學識，不容半點空閑。兩個正鬥到分際，秦明也把出本事來，不放方杰些空處。却不提防杜微那厮，在馬後見方杰戰秦明不下，從馬後閃將出來，掣起飛刀，望秦明臉上早飛將來。秦明急躲飛刀時，却被方杰一方天戟聳下馬去，死於非命。可憐霹靂火，滅地竟無聲。方杰一戟戳死了秦明，却不敢追過對陣，宋兵小將急把撓搭得尸首過來。宋軍見説折了秦明，盡皆失色。宋江一面叫備棺椁盛貯，一面再調軍將出戰。且説這方杰得勝誇能，却在陣前高叫：『宋兵再有好漢，快出來厮殺！』宋江在中軍聽得報來，急出到陣前，看見對陣方杰背後便是方臘御駕，直來到軍前擺開。但見：

金瓜密布，鐵斧齊排。方天畫戟成行，龍鳳綉旗作隊。旗旄旄節，一攢攢緑舞紅飛；玉鐙雕鞍，一簇簇珠圍翠繞。飛龍傘散青雲紫霧，飛虎旗盤瑞靄祥烟。左侍下一代文官，右侍下滿排武將。雖是妄稱天子位，也須僞列宰臣班。

南國陣中，衹見九曲黄羅傘下，玉轡逍遥馬上，坐着那個草頭王子方臘。怎生打扮，但見：

頭戴一頂衝天轉角明金幞頭，身穿一領日月雲肩九龍綉袍，腰繫一條金鑲寶嵌玲瓏玉帶，足穿一對雙金顯縫雲根朝靴。

那方臘騎着一匹銀鬃白馬，出到陣前，親自監戰。看見宋江親在馬上，便遣方杰出戰，要拿宋江。這邊宋兵等衆將亦準備迎敵，要擒方臘。南軍方杰正要出陣，衹聽得飛馬報道：『御林都教師賀從龍，總督軍馬，去救歙州，被宋兵盧先鋒活捉過陣去了。軍馬俱已漫散，宋兵已殺到山後。』方臘聽了大驚，急傳聖旨，便教收軍，且保大内。當下方杰且委杜微押住陣脚，却待方臘御駕先行，方杰、杜微隨後而退。方臘御駕，回至清溪州界，衹聽得大内城中，喊起連天，火光遍滿，兵馬交加，却是李俊、阮小五、阮小七、童威、童猛，在清溪城裏放起火來。方臘見了，大驅御林軍馬，來救城中，入城混戰。宋江軍馬，見南兵退去，隨後追殺。趕到清溪，見城中火起，知有李俊等在彼行事，

急令衆將招起軍馬，分頭殺將入去。此時盧先鋒軍馬也過山了，兩下接應，却好凑着。四面宋兵，夾攻清溪大内。宋江等諸將，四面八方，殺將入去，各各自去搜捉南軍，打破了清溪城郭。方臘却得方杰引軍保駕，防護送投幫源洞中去了。

宋江等大隊軍馬，都入清溪縣來。衆將殺入方臘宫中，收拾違禁器仗、金銀寶物，搜檢内裏庫藏，就殿上放起火來，把方臘内外宫殿，盡皆燒毁，府庫錢糧，搜索一空。宋江會合盧俊義軍馬，屯駐在清溪縣内，聚集衆將，都來請功受賞。整點兩處將佐時，長漢郁保四、女將孫二娘，都被杜微飛刀傷死；鄒淵、杜遷馬軍中踏殺；李立、湯隆、蔡福，各帶重傷，醫治不痊，身死；阮小五先在清溪縣，已被婁丞相殺死。衆將擒捉得南國僞官九十二員請功，賞賜已了，衹不見婁丞相、杜微下落。一面且出榜文，安撫了百姓，把那活捉僞官解赴張招討軍前，斬首示衆。後有百姓说，婁丞相因殺了阮小五，見大兵打破清溪縣，自縊松林而死斷。杜微那，躲在他原養的倡妓王嬌嬌家，被他社老獻將出來。宋江賞了社老，却令人先取了婁丞相首級，叫蔡慶將杜微剖腹剜心，滴血享祭秦明、阮小五、郁保四、孫二娘，並打清溪亡過衆將。宋江親自拈香祭賽已了，次日與同盧俊義起軍，直抵幫源洞口圍住。

且说方臘衹得方杰保駕，走到幫源洞口大内，屯駐人馬，堅守洞口，不出迎敵。宋江、盧俊義把軍馬周回圍住了幫源洞，却無計可入。却说方臘在幫源洞，如坐針氈。兩軍困住已經數日，方臘正憂悶間，忽見殿下錦衣綉襖一大臣，俯伏在金階殿下啓奏：『我王，臣雖不才，深蒙主上聖恩寬大，無可補報。憑夙昔所學之兵法，仗平日所韞之武功，六韜三略曾聞，七縱七擒曾習。願借主上一枝軍馬，立退宋兵，中興國祚。未知聖意若何？』方臘見了大喜，便傳敕令，盡點山洞内府兵馬，教此將引兵出洞去，與宋江相持。未知勝敗如何，先見威風出衆。不是方臘國中又出這個人來引兵，有分教：金階殿下人頭滚，玉砌朝門熱血噴。直使掃清巢穴擒方臘，竪立功勛顯宋江。畢竟方臘國中出來引兵的是甚人？且聽下回分解。

話说當下方臘殿前啓奏，願領兵出洞征戰的，正是東床駙馬主爵都尉柯引。方臘見奏，不勝之喜。柯駙馬當下同領南兵，帶了雲璧奉尉，披挂上馬出師。方臘將自己金甲錦袍，賜與駙馬，又選一騎好馬，叫他出戰。那柯駙馬與同皇侄方杰，引領洞中護御軍兵一萬人馬，駕前上將二十餘員，出到幫源洞口，列成陣勢。

却说宋江軍馬困住洞口，已教將佐分調守護。宋江在陣中，因見手下弟兄，三停内折了二停，方臘又未曾拿得，南兵又不出戰，眉頭不展，面帶憂容。祇聽得前軍報來说：『洞中有軍馬出來交戰。』宋江、盧俊義見報，急令諸將上馬，引軍出戰，擺開陣勢，看南軍陣裏，當先是柯駙馬出戰。宋江軍中，誰不認得是柴進？宋江便令花榮出馬迎敵。花榮得令，便横槍躍馬，出到陣前，高聲喝問：『你那厮是甚人，敢助反賊，與吾大兵敵對？我若拿住你時，碎尸萬段，骨肉爲泥！好好下馬受降，免汝一命！』柯駙馬答道：『我乃山東柯引，誰不聞我大名？量你這厮們是梁山泊一伙强徒草寇，何足道哉！偏俺不如你們手段？我直把你們殺盡，克復城池，是吾之願！』宋江與盧俊義在馬上聽了，尋思柴進口裏说的話，知他心裏的事。他把『柴』字改作『柯』字，『柴』即是『柯』也。『進』字改作『引』字，『引』即是『進』也。吴用道：『且看花榮與他迎敵。』當下花榮挺槍躍馬，來戰柯引。兩馬相交，二般軍器並舉。兩將鬥到間深裏，絞做一團，扭做一塊。柴進低低道：『兄長可且詐敗，來日議事。』花榮聽了，略戰三合，撥回馬便走。柯引喝道：『敗將，吾不趕你！别有了得的，叫他出來，和俺交戰！』花榮跑馬回陣，對宋江、盧俊義说知就裏。吴用道：『再叫關勝出戰交鋒。』當時關勝舞起青龍偃月刀，飛馬出戰，大喝道：『山東小將，敢與吾敵？』那柯駙馬挺槍，便來迎敵。兩個交鋒，全無懼怯。二將鬥不到五合，關勝也詐敗佯輸，走回本陣。柯駙馬不趕，祇在陣前大喝：『宋兵敢有强將出來，與吾對敵？』宋江再叫朱仝出陣，與柴進交鋒。往來厮殺，祇瞞衆軍。兩個鬥不過五七合，朱仝詐敗而走。柴進趕來虚搠一槍，朱仝棄馬跑歸本陣，南軍先搶得這匹好馬。柯駙馬招動南軍，搶殺過來，宋江急令諸將引軍退去十里下寨。柯駙馬引

軍追趕了一程，收兵退回洞中。

已自有人先去報知方臘，说道：『柯駙馬如此英雄，戰退宋兵，連勝三將。宋江等又折一陣，殺退十里。』方臘大喜，叫排下御宴，等待駙馬卸了戎裝披挂，請入後宮賜坐。親捧金杯，滿勸柯駙馬道：『不想駙馬有此文武雙全！寡人祇道賢婿祇是文才秀士，若早知有此等英雄豪杰，不致折許多州郡。煩望駙馬大展奇才，立誅賊將，重興基業，與寡人共享太平無窮之富貴。』柯引奏道：『主上放心！爲臣子當以盡心報效，同興國祚。明日謹請聖上登山，看柯引厮殺，立斬宋江等輩。』方臘見奏，心中大喜，當夜宴至更深，各還宮中去了。次早，方臘設朝，叫洞中敲牛宰馬，令三軍都飽食已了，各自披挂上馬，出到幫源洞口，摇旗發喊，擂鼓搦戰。方臘却領引内侍近臣，登幫源洞山頂，看柯駙馬厮殺。

且说宋江當日傳令，分付諸將：『今日厮殺，非比他時，正在要緊之際。汝等軍將，各各用心，擒獲賊首方臘，休得殺害。你衆軍士，祇看南軍陣上柴進回馬引領，就便殺入洞中，并力追捉方臘，不可違誤！』三軍諸將得令，各自摩拳擦掌，掣劍拔槍，都要擄掠洞中金帛，盡要活捉方臘，建功請賞。當時宋江諸將，都到洞前，把軍馬擺開，列成陣勢。祇見南兵陣上，柯駙馬立在門旗之下，正待要出戰，祇見皇侄方杰立馬横戟道：『都尉且押手停騎，看方某先斬宋兵一將，然後都尉出馬，用兵對敵。』宋兵望見燕青跟在柴進後頭，衆將皆喜道：『今日計必成矣！』各人自行準備。且说皇侄方杰，争先縱馬搦戰。宋江陣上，關勝出馬，舞起青龍刀，來與方杰對敵。兩將交馬，一往一來。一翻一覆，戰不過十數合，宋江又遣花榮出陣，共戰方杰。方杰見二將來夾攻，全無懼怯，力敵二將。又戰數合，雖然難見輸贏，也祇辦得遮攔躲避。宋江隊裏，再差李應、朱仝驟馬出陣，并力追殺。方杰見四將來夾攻，方才撥回馬頭，望本陣中便走。柯駙馬却在門旗下截住，把手一招，宋將關勝、花榮、朱仝、李應四將趕過來。柯駙馬便挺起手中鐵槍奔來，直取方杰。方杰見頭勢不好，急下馬逃命時，措手不及，早被柴進一槍戳着。背後雲奉尉燕青趕上一刀，殺了方杰。南軍衆將驚得呆了，各自逃生，柯駙馬大叫：『我非柯引，吾乃柴進，

宋先鋒部下正將「小旋風」的便是！隨行雲奉尉，即是「浪子」燕青。今者已知得洞中内外備細。若有人活捉得方臘的，高官任做，細馬揀騎。三軍投降者，俱免血刃，抗拒者全家斬首！』回身引領四將，招起大軍，殺入洞中。方臘領着内侍近臣，在幫源洞頂上，看見殺了方杰，三軍潰亂，情知事急，一脚踢翻了金交椅，便望深山中奔走。宋江領起大隊軍馬，分開五路，殺入洞來，争捉方臘，不想已被方臘逃去，止拿得侍從人員。燕青搶入洞中，叫了數個心腹伴當，去那庫裏，擄了兩擔金珠細軟出來，就内宫禁苑，放起火來。柴進殺入東宫時，那金芝公主自縊身死。柴進見了，就連宫苑燒化，以下細人，放其各自逃生。衆軍將都入正宫，殺盡嬪妃彩女、親軍侍御、皇親國戚，都擄掠了方臘内宫金帛。宋江大縱軍將，入宫搜尋方臘。

却説阮小七殺入内苑深宫裏面，搜出一箱，却是方臘僞造的天平冠、衮龍袍、碧玉帶、白玉圭、無憂履。阮小七看見上面都是珍珠异寶，龍鳳錦文，心裏想道：『這是方臘穿的，我便着一着，也不打緊。』便把衮龍袍穿了，系上碧玉帶，着了無憂履，戴起平天冠，却把白玉圭插放懷裏，跳上馬，手執鞭，跑出宫前。三軍衆將，衹道是方臘，一齊鬧動，搶將攏來看時，却是阮小七，衆皆大笑。這阮小七也衹把做好嬉，騎着馬東走西走，看那衆將多軍搶擄。正在那裏鬧動，早有童樞密帶來的大將王禀、趙譚入洞助戰。聽得三軍閙嚷，衹説拿得方臘，徑來争功。却見是阮小七穿了御衣服，戴着平天冠，在那裏嬉笑。王禀、趙譚罵道：『你這莫非要學方臘，做這等樣子！』阮小七大怒，指着王禀、趙譚道：『你這兩個，直得甚鳥！若不是俺哥哥宋公明時，你這兩個驢馬頭，早被方臘已都砍下了！今日我等衆將弟兄成了功勞，你們顛倒來欺負！朝廷不知備細，衹道是兩員大將來協助成功。』王禀、趙譚大怒，便要和阮小七火并。當時阮小七奪了小校槍，便奔上來戳王禀。呼延灼看見，急飛馬來隔開，已自有軍校報知宋江。飛馬到來，見阮小七穿着御衣服，宋江、吴用喝下馬來，剥下違禁衣服，丢去一邊。宋江陪話解勸。王禀、趙譚二人雖被宋江并衆將勸和了，衹是記恨於心。

當日幫源洞中，殺的尸横遍野，流血成渠，按宋鑒所載，斬殺方臘蠻兵二萬餘級。當下宋江傳令，教四下舉火，監臨燒毁宫殿。龍樓

鳳閣，內苑深宮，珠軒翠屋，盡皆焚化。有詩爲證：

黃屋朱軒半入雲，塗膏釁血自欣欣。
若還天意容奢侈，瓊室阿房可不焚。

當時宋江等衆將監看燒毀已了，引軍都來洞口屯駐，下了寨柵，計點生擒人數，衹有賊首方臘未曾獲得。傳下將令，教軍將沿山搜捉。告示鄉民，但有人拿得方臘者，奏聞朝廷，高官任做。知而首者，隨即給賞。却說方臘從幫源洞山頂落路而走，便望深山曠野，透嶺穿林，脱了赭黃袍，丟去金花幞頭，脱下朝靴，穿上草履麻鞋，爬山奔走，要逃性命。連夜退過五座山頭，走到一處山凹邊，見一個草庵，嵌在山凹裏。方臘肚中飢餓，却待正要去茅內尋討些飯吃，衹見松樹背后轉出一個胖大和尚來，一禪杖打翻，便取條繩索綁了。那和尚不是別人，是花和尚魯智深。拿了方臘，帶到草庵中，取了些飯吃，正解出山來，却好迎着搜山的軍健，一同綁住捉來見宋先鋒。宋江見拿得方臘，大喜，便問道：『吾師，你却如何正等得這賊首着？』魯智深道：『灑家自從在烏龍嶺上萬松林裏厮殺，追趕夏侯

成入深山裏去，被灑家殺了。貪戰賊兵，直趕入亂山深處。迷蹤失逕，迤邐隨路尋去，正到曠野琳琅山內，忽遇一個老僧，引領灑家到此處茅庵中，囑付道：『柴米菜蔬都有，衹在此間等候；但見個長大漢從鬆林深處來，你便捉住。』夜來望見山前火起，小僧看了一夜，又不知此間山逕路數是何處。今早正見這賊爬過山來，因此，俺一禪杖打翻，就捉來綁，不想正是方臘！』宋江又問道：「那一個老僧，今在何處？」魯智深道：「那個老僧，自引小僧到茅庵裏，吩咐了柴米出來，竟不知投何處去了。」宋江道：「那和尚眼見得是聖僧羅漢，如此顯靈，令吾師成此大功，回京奏聞朝廷，可以還俗爲官，在京師圖個蔭子封妻，光耀祖宗，報答父母劬勞之恩。」魯智深答道：「灑家心已成灰，不願爲官，衹圖尋個淨了去處，安身立命足矣！」宋江道：「吾師既不肯還俗，便到京師去住持一個名山大刹，爲一僧首，也光顯宗風，亦報答得父母。」智深聽了，搖首叫道：「都不要。要多也無用。衹得個囫圇尸首，便是强了。」宋江聽罷，默上心來，各不喜歡。點本部下將佐，俱已數足，教將方臘陷車盛

了，解上東京，面見天子，催起三軍，帶領諸將，離了幫源洞清溪縣，都回睦州。卻說張招討會集劉都督，童樞密，從，耿二參謀，都在睦州聚齊，合兵一處，屯駐軍馬。見說宋江獲了大功，拿住方臘，解來睦州，眾官都來慶賀。宋江等諸將參拜已了，張招討道：「已知將軍邊塞勞苦，損折弟兄。今已全功，實爲萬幸。」宋江再拜泣涕道：「當初小將等一百八人，破遼還京，都不曾損了一個。誰想首先去了公孫勝，京師已留下數人。克復揚州，渡大江，怎知十停去七！今日宋江雖存，有何面目，再見山東父老，故鄉親戚？」張招討道：「先鋒休如此說。自古道：『貧富貴賤，宿生所載；壽夭短長，人生分定。』常言道：『有福人送無福人。』何以損折將佐爲耻！今日功成名顯，朝廷知道，必當重用。封官賜爵，光顯門閭，衣錦還鄉，誰不稱羡！閑事不須挂意，衹顧收拾回軍。」宋江拜謝了總兵等官，自來號令諸將。張招討已傳下軍令，教把生擒到賊徒僞官等眾，除留方臘另行解赴東京，其餘從賊，都就睦州市曹，斬首施行。所有未收去處——衢、婺等縣賊役贓官，得知方臘已被擒獲，一半逃散，一半自行投首。張招討盡皆準首，復爲良民。就行出榜，去各處招撫，以安百姓。其餘隨從賊徒，不傷人者，亦準其自首投降，復爲鄉民，撥還產業田園。克復州縣已了，各調守御官軍，護境安民，不在話下。再說張招討眾官，都在睦州設太平宴，慶賀眾將官僚，賞勞三軍將校，傳令教先鋒頭目，收拾朝京。軍令傳下，各各準備行裝，陸續登程。

且說先鋒使宋江思念亡過眾將，潸然泪下，不想患病在杭州張橫、穆弘等六人，朱富、穆春看視，共是八人在彼。後亦各患病身死，止留得楊林、穆春到來，隨軍征進。想起諸將勞苦，今日太平，當以超度，便就睦州宮觀净處，揚起長幡，修設超度九幽拔罪好事，做三百六十分羅天大醮，追薦前亡後化列位偏正將佐已了。次日，椎牛宰馬，致備牲醴，與同軍師吴用等眾將，俱到烏龍神廟裏，焚帛享祭烏龍大王，謝祈龍君護佑之恩。回至寨中，所有部下正偏將佐陣亡之人，收得尸骸者，俱令各自安葬已了。宋江與盧俊義收拾軍馬將校人員，隨張招討回杭州，聽候聖旨，班師回京。眾多將佐功勞，俱各造册，上了文簿，進呈御前。先寫表章，申奏天子。三軍齊備，陸續起程。宋江看了部

下正偏將佐，止剩得三十六員回軍。那三十六人是：『呼保義』宋江、『玉麒麟』盧俊義、『智多星』吴用、『大刀』關勝、『豹子頭』林冲、『雙鞭』呼延灼、『小李廣』花榮、『小旋風』柴進、『撲天雕』李應、『美髯公』朱仝、『花和尚』魯智深、『行者』武松、『神行太保』戴宗、『黑旋風』李逵、『病關索』楊雄、『混江龍』李俊、『活閻羅』阮小七、『浪子』燕青、『神機軍師』朱武、『鎮三山』黄信、『病尉遲』孫立、『混世魔王』樊瑞、『轟天雷』凌振、『鐵面孔目』裴宣、『神算子』蔣敬、『鬼臉兒』杜興、『鐵扇子』宋清、『獨角龍』鄒潤、『一枝花』蔡慶、『錦豹子』楊林、『小遮攔』穆春、『出洞蛟』童威、『翻江蜃』童猛、『鼓上蚤』時遷、『小尉遲』孫新、『母大蟲』顧大嫂。

當下宋江與同諸將，引兵馬離了睦州，前往杭州進發。正是收軍鑼響千山震，得勝旗開十里紅。於路無話，已回到杭州。因張招討軍馬在城，宋先鋒且屯兵在六和塔駐扎，諸將都在六和寺安歇。先鋒使宋江、盧俊義早晚入城聽令。

且説魯智深自與武松在寺中一處歇馬聽候，看見城外江山秀麗，景物非常，心中歡喜。是夜月白風清，水天共碧，二人正在僧房裏，睡至半夜，忽聽得江上潮聲雷響。魯智深是關西漢子，不曾省得浙江潮信，衹道是戰鼓響，賊人生發，跳將起來，摸了禪杖，大喝着，便搶出來。衆僧吃了一驚，都來問道：『師父何爲如此？趕出何處去？』魯智深道：『灑家聽得戰鼓響，待要出去廝殺。』衆僧都笑將起來道：『師父錯聽了！不是戰鼓響，乃是錢塘江潮信響。』魯智深見説，吃了一驚，問道：『師父，怎地唤做潮信響？』寺内衆僧，推開窗，指着那潮頭，叫魯智深看，説道：『這潮信日夜兩番來，並不違時刻。今朝是八月十五日，合當三更子時潮來。因不失信，謂之潮信。』魯智深看了，從此心中忽然大悟，拍掌笑道：『俺師父智真長老，曾囑付與灑家四句偈言，道是「逢夏而擒」，俺在萬松林裏廝殺，活捉了個夏侯成；「遇臘而執」，俺生擒方臘；今日正應了「聽潮而圓，見信而寂」，俺想既逢潮信，合當圓寂。衆和尚，俺家問你，如何唤做圓寂？』寺内衆僧答道：『你是出家人，還不省得佛門中圓寂便是死？』魯智深笑道：『既然死乃唤做圓寂，灑家今已必當圓寂。煩與俺燒桶

湯來，灑家沐浴。」寺内衆僧，都祇道他説要，又見他這般性格，不敢不依他，祇得喚道人燒湯來，與魯智深洗浴。換了一身御賜的僧衣，便叫部下軍校：『去報宋公明先鋒哥哥，來看灑家。』又問寺内衆僧處討紙筆，寫了一篇頌子，去法堂上捉把禪椅，當中坐了。焚起一爐好香，放了那張紙在禪床上，自叠起兩隻脚，左脚搭在右脚，自然天性騰空。比及宋公明見報，急引衆頭領來看時，魯智深已自坐在禪椅上不動了。頌曰：

平生不修善果，祇愛殺人放火。忽地頓開金繩，這裏扯斷玉鎖。咦！錢塘江上潮信來，今日方知我是我。

宋江與盧俊義看了偈語，嗟嘆不已。衆多頭領都來看視魯智深，焚香拜禮。城内張招討并童樞密等衆官，亦來拈香拜禮。宋江自取出金帛，表散衆僧，做個三晝夜功果，合個朱紅龕子盛了，直去請徑山住持大惠禪師，來與魯智深下火。五山十刹禪師，都來誦經。迎出龕子，去六和塔後燒化。那徑山大惠禪師手執火把，直來龕子前，指着魯智深，道幾句法語，是：

魯智深，魯智深！起身自緑林。兩隻放火眼，一片殺人心。忽地隨潮歸去，果然無處跟尋。咄！解使滿空飛白玉，能令大地作黄金。

大惠禪師下了火已了，衆僧誦經懺悔，焚化龕子，在六和塔山後，收取骨殖，葬入塔院。所有魯智深隨身多餘衣缽，及朝廷賞賜金銀，并各官布施，盡都納入六和寺裏，常住公用。渾鐵禪杖，并皂布直裰，亦留於寺中供養。當下宋江看視武松，雖然不死，已成廢人。武松對宋江説道：『小弟今已殘疾，不願赴京朝覲。盡將身邊金銀賞賜，都納此六和寺中，陪堂公用，已作清閑道人，十分好了。哥哥造册，休寫小弟進京。』宋江見説：『任從你心！』武松自此，祇在六和寺中出家，後至八十善終，這是後話。再説先鋒宋江，每日去城中聽令，待張招討中軍人馬前進，已將軍兵入城屯扎。半月中間，朝廷天使到來，奉聖旨令先鋒宋江等班師回京。張招討，童樞密，都督劉光世，從耿二參謀，大將王稟、趙譚，中軍人馬，陸續先回京師去了。宋江等隨即收拾軍馬回京。比及起程，不想林冲染患風病癱了，楊雄發背瘡而死，時遷又感攪腸痧而死。宋江見了感傷不已。丹徒縣又申將文書來，

報說楊志已死，葬於本縣山園。林冲風癱，又不能痊，就留在六和寺中，教武松看視，後半載而亡。

再說宋江與同諸將，離了杭州，望京師進發，祇見浪子燕青，私自來勸主人盧俊義道：『小乙自幼隨侍主人，蒙恩感德，一言難盡。今既大事已畢，欲同主人納還原受官誥，私去隱迹埋名，尋個僻净去處，以終天年。未知主人意下若何？』盧俊義道：『自從梁山泊歸順宋朝已來，俺弟兄們身經百戰，勤勞不易，邊塞苦楚，弟兄損折，幸存我一家二人性命。正要衣錦還鄉，圖個封妻蔭子，你如何却尋這等没結果？』燕青笑道：『主人差矣！小乙此去，正有結果，祇恐主人此去無結果耳。』若燕青，可謂知進退存亡之機矣。有詩爲證：

略地攻城志已酬，陳辭欲伴赤松游。

時人苦把功名戀，祇怕功名不到頭。

盧俊義道：『燕青，我不曾存半點异心，朝廷如何負我？』燕青道：『主人豈不聞韓信立下十大功勞，祇落得未央宮裏斬首，彭越醢爲肉醬，英布弓弦藥酒？主公，你可尋思，禍到臨頭難走！』盧俊義道：『我聞韓信三齊擅自稱王，教陳造反；彭越殺身亡家，大梁不朝高祖；英布九江受任，要謀漢帝江山。以此漢高帝詐游雲夢，令吕后斬之。我雖不曾受這般重爵，亦不曾有此等罪過。』燕青道：『既然主公不聽小乙之言，祇怕悔之晚矣！小乙本待去辭宋先鋒，他是個義重的人，必不肯放，祇此辭別主公。』盧俊義道：『你辭我，待要那裏去？』燕青道：『也祇在主公前後。』盧俊義笑道：『原來也祇恁地。看你到那裏？』燕青納頭拜了八拜，當夜收拾了一擔金珠寶貝挑着，竟不知投何處去了。次日早晨，軍人收拾字紙一張，來報覆宋先鋒。宋江看那一張字紙時，上面寫道是：

辱弟燕青百拜懇告先鋒主將麾下：自蒙收録，多感厚恩。效死幹功，補報難盡。今自思命薄身微，不堪國家任用，情願退居山野，爲一閑人。本待拜辭，恐主將義氣深重，不肯輕放，連夜潛去。今留口號四句拜辭，望乞主帥恕罪：

雁序分飛自可驚，納還官誥不求榮。身邊自有君王赦，脱却風塵過此生。

宋江看了燕青的書，並四句口號，心中鬱悒不樂。當時盡收拾損折將佐的官誥牌面，送回京師，繳納還官。

宋兵人馬，迤邐前進，比及行至蘇州城外，祇見混江龍李俊詐中風疾，倒在床上。手下軍人來報宋先鋒。宋江見報，親自領醫人來看治，李俊道：『哥哥休誤了回軍的程限，朝廷見責，亦恐張招討先回日久。哥哥憐憫李俊時，可以丟下童威、童猛，看視兄弟。待病體痊可，隨後趕來朝覲。哥哥軍馬，請自赴京。』宋江見說，心雖不然，倒不疑慮，祇得引軍前進。又被張招討行文催趲，宋江祇得留下李俊、童威、童猛三人，自同諸將上馬赴京去了。且說李俊三人竟來尋見費保四個，不負前約，七人都在榆柳莊上商議定了，盡將家私打造船隻，從太倉港乘駕出海，自投化外國去了，後來爲暹羅國之主。童威、費保等都做了化外官職，自取其樂，另霸海濱，這是李俊的後話。詩曰：

知幾君子事，明哲邁夷倫。
重結義中義，更全身外身。
潯水舟無系，榆莊柳又新。
誰知天海闊，別有一家人。

想這宋江等初受招安時，却奉聖旨，都穿御賜的紅綠錦襖子，懸挂金銀牌面，入城朝見。破遼兵之后，回京師時，天子宣命，都是披袍挂甲戎裝入朝朝見。今番太平回朝，天子特命文扮，却是幞頭公服，入城朝觀。東京百姓看了，祇剩得這幾個回來，衆皆嗟嘆不已。宋江等二十七人，來到正陽門下，齊齊下馬入朝。侍御史引至丹墀玉階之下，宋江、盧俊義爲首，上前八拜，退後八拜，進中八拜，三八二十四拜，揚塵舞蹈，山呼萬歲。君臣禮足，徽宗天子看見宋江等祇剩得這些人員，心中嗟念。上皇命都宣上殿，宋江、盧俊義引領衆將，都上金階，齊跪在珠簾之下。上皇命賜衆將平身，左右近臣，早把珠簾捲起。天子乃曰：『朕知卿等衆將，收剿江南，多負勞苦。卿等弟兄，損折大半，朕聞不勝傷悼。』宋江垂淚不止，仍自再拜奏曰：『以臣鹵純薄才，肝腦塗地，亦不能報國家大恩。昔日念臣共聚義兵一百八人，登五臺發願，誰想今日十損其八。謹録人數，未敢擅便具奏，伏望天慈，俯賜聖鑒。』上皇曰：『卿等部下，歿於王事者，朕命各墳加封，不没其功。』宋江再拜，進上表文一通。

省作太平宴，管待衆將。第三日，樞密院又設宴慶賀太平。其張招討、劉都督、童樞密，從、耿二參謀，王、趙二大將，朝廷自升重爵，不在此本話内。太乙院題本，奏請聖旨，將方臘於東京市曹上凌遲處死，剮了三日示衆。有詩爲證：

宋江重賞升官日，方臘當刑受剮時。
善惡到頭終有報，祇争來早與來遲！

再説宋江奏請了聖旨，給假回鄉省親。部下軍將，願爲軍者報名，送發龍猛、虎威二營收操，關給賞賜馬軍守備；願爲民者，關請銀兩，各各還鄉，爲民當差。部下偏將，亦各請受恩賜，聽除管軍管民，護境爲官，關領誥命，各人赴任，與國安民。

宋江分派已了，與衆暫别自引兄弟宋清，帶領隨行軍健一二百人，挑擔御物、行李、衣裝、賞賜，離了東京，望山東進發。宋江、宋清在馬上，衣錦還鄉，離了京師，回歸故里。於路無話，自來到山東鄆城縣宋家村。鄉中故舊、父老、親戚，都來迎接宋江，回到莊上。不期宋太公已死，靈柩尚存。宋江、宋清痛哭傷感，不勝哀戚。家眷、莊客，都來拜見宋江。莊院田産、家私什物，宋太公存日，整置得齊備，亦如舊時。宋江在莊上修設好事，請僧命道，修建功果，薦拔亡過父母宗親。州縣官僚，探望不絶。擇日選時，親扶太公靈柩，高原安葬。是日，本州官員、親鄰父老、賓朋眷屬，盡來送葬已了，不在話下。宋江思念玄女娘娘願心未酬，將錢五萬貫，命工匠人等，重建九天玄女娘娘廟宇，兩廊山門，裝飾聖像，彩畫兩廊，俱已完備。不覺在鄉日久，誠恐上皇見責，選日除了孝服，又做了幾日道場，次后設一大會，請當村鄉尊父老，飲宴酌杯，以叙闊别之情。次日，親戚亦皆置筵慶賀，不在話下。宋江將莊院交割與次弟宋清，雖受官爵，祇在鄉中務農，奉祀宗親香火。將多餘錢帛，散惠下民。

宋江在鄉中住了數月，辭别鄉老故舊，再回東京，與衆弟兄相見。衆人有搬取老小家眷回京住的，有往任所去的，亦有夫主兄弟歿於王事的，朝廷已自頒降恩賜金帛，令歸鄉里，優恤其家。宋江自到東京，每日給散三軍、諸將已亡過者，家眷老小，發遣回鄉，都已完足。朝前聽命，辭别省院諸官，收拾赴任。祇見神行太保戴宗來探宋江，坐